秦建日子

Hata Takehiko

Change the World

河出書房新社

kawade shobo shinsha

Change the World

contents

ブックデザイン：坂野公一（welle design）

Change the World

男は囁《ささや》いた。

死にゆく彼女の耳元で。

「おめでとう。君が、世界を変えるんだ」

ザ・デイ。午後一時三十分。

ハンドルネーム「アム」こと田村歩夢《たむらあゆむ》は、ＪＲ水道橋駅の西口にいた。三十分後には、東京ドームで『ツリー・ブランチ』の大型イベントが始まる。歩夢はずっとこの日を楽しみにしていたのだ。『ツリー・ブランチ』とは、週刊スレイというコミック雑誌で連載されている世界的に人気の漫画で、歩夢もその熱烈なファンの一人だった。ちなみに、今日の歩夢の外見は、髪だけが真っ赤で他は青一色。Ｔシャツ、リュック、膝丈の短パン、スポーツシューズ、すべてを同じ質感の青に揃えてある。そして、顔には、無色透明の大きなゴーグル。これがすなわち、『ツリー・ブランチ』の主人公・監原《かんば》ベルトだからである。歩夢は『ツリー・ブランチ』のイベントには、必ず主人公のコスプレをして参加することに決めていた。ちなみに、顔面積の三分の一ほどを覆うゴーグルには、実は悲運の末に死んだ監原ベルトの親友の魂が宿っており、普段は無色透明だが、怒りの感情の時は赤く、悲しみの時は紫に、そしてベルトを落ち着かせようとする時は、淡い青に変化する。その設定が歩夢は大好きで、いつかその設定まで再現できるゴーグルを手に入れるのが夢でもあった。

「アム！」

遠くから、聞き覚えのある声が飛んできた。ハンドルネーム「監原ベルトの手先」。この場所で歩夢と待ち合わせをしている人物だ。

（来たか、手先！）

呼び名が長いので、歩夢は彼を単に「手先」と呼んでいた。自分の手先だ。現実の職場に歩夢の手先＝部下はいないが、『ツリー・ブランチ』の世界では別だ。

辺りを見回す。

が、手先の姿が見えない。

「手先？　どこだよ？」

「目の前！」

「えっ？」

目の前に立つ人物を見て、歩夢は啞然《あぜん》とした。

「ゆ、夕張《ゆうばり》マカ？」

「おう！」

普段はダメージ・ジーンズに単なる白いTシャツ姿の手先が、今日は『ツリー・ブランチ』のヒロイン・夕張マカの格好をしていた。麦わら帽子とメロン形のイヤリングにメロン柄のワンピース、足首までの長く明るい茶色の髪。真っ赤な口紅。ベルトのゴーグルと同じくらい大きなメロン形フレームの伊達《だて》メガネ。ネイルとペディキュアももちろんマスクメロンの色と柄だ。

「アムは、間違いなくベルトで来るだろうと思っていたからさ。オレもいつまでも手先じゃやつまんないなって。で、どう？」

そう言って手先、いや、夕張マカはクルリと歩夢の前で回ってみせた。ひらりとワンピースの裾が舞い、メロン柄のパンティーまで見えた。よく出来ている。うん、悪くない。

「いやん。パンティー見ないでよぉう」

「いやん、じゃねえよ！　つーか、完璧じゃん。すげえよ。いくらかけた？」

「まあ、それなりに頑張ったかな」

全身を監原ベルトにするために、アムは十万を費やした。色の質感を揃えるのに、既製品の青の衣装ではどうしても上手《うま》くいかず、オーダーメードで染める必要があったからだ。夕張マカだともっと高いだろう。小物の点数も監原ベルトよりずっと多い。

「ていうかさ。今日という日に金を使いまくるためにこの一年は頑張ってきたからさ」

そう言って、元・手先である夕張マカが胸を張る。歩夢と彼だけじゃない。今こうして会話している間も、二人の近くを『ツリー・ブランチ』の登場人物たちが次々と通過していく。

「みんな、気合い入ってるな」

「ドームに入ったらもっと金使うぞ！　チャリンチャリン祭りだ！」

だろうな、と歩夢は思う。歩夢もマカも、キャラの単推しではない。『ツリー・ブランチ』の箱推しだ。『ツリー・ブランチ』に出てくる全キャラが好きなのだ。なので『ツリー・ブランチ』に関するものならすべて欲しい。キャラごとにグッズが販売されれば、全キャラでゲットしたい。つまり、金はいくらあっても足りない。

「手先。俺がヤバくなったら、止めろよ?」

「今日は手先じゃなくてマカだから。いやいや、無理よ~。マカもアムも今日はチャリンチャリン祭りなんだから~」

「やっぱりかー。だな!」

「よし。ドーム、行くわよ♪」

水道橋駅西口を出て、横断歩道を渡る。直進して歩道橋を上がると、東京ドームシティのゲートが見える。それをくぐって道なりに進めば、ドーンと巨大な東京ドームが見えてくる。

「エモい!」

歩夢は叫ぶ。東京ドームを見るのは初めてではないが、やはり見るたび、入るたびに感動する。神奈川の田舎生まれ田舎育ちのせいかもしれない。

「マジ、エモいわー♡」

マカも同じことを言う。マカは確か埼玉の西のはずれの方の人間だ。お互いの田舎度合いがちょうど良くて仲良くなったのだ。

「なあ。東京ドームって、なんで屋根が落っこちねえんだろうな？」

「マカ、難しいことはわかんなーい♪」

更に進む。

イベント会場入り口。

と、ここで今日最初のサプライズ。入場者全員に予告されていないプレゼントが手渡されていたのだ。

「おひとりさま、おひとつです。どちらを選ばれますか？」

モデルですと言っても通用しそうな美女が、紙箱を二つ手にしていた。

最高だ。テンションが上がりすぎて鼻血が出そうだ。


その後四時間。ふたりは存分に東京ドームでのイベントを堪能した。午後五時五十五分、歩夢とマカは、休憩ブースのベンチに並んで座っていた。ペットボトルのコカ・コーラ ゼロを飲みながら、コンソメ味のポテトチップスの大きな袋に手を突っ込んだ。大量のポテトチップスをボリボリと食べる。なんだろうか。この感情は？『ツリー・ブランチ』のイベントでしか経験出来ない大量のアドレナリン。心臓がアホみたいにバクバクとしている。財布は既に空《から》で、クレカの限度額も超えた。だが、まだ帰るわけにはいかない。六時ちょうどに何かが起きるのだ。何かが。そう『ツリー・ブランチ』の運営サイトが事前に予告をしているのだ。何だろう？ 声優のサプライズ登場か？　原作者の伊勢原英和《いせはらひでかず》先生のサプライズ登場か？　アニメ映画化の第三弾か？　実写映画化か？　舞台化か？

「ねえ、あれ、なあに？」

マカが天井を指差した。東京ドームの天井に、いつの間にか巨大なティアドロップ型のスクリーンが現れていた。透明で、その中に全方向から数字が立体的に視認出来る不思議なスクリーンだ。それが、10から9、そして8と、ゆっくりと数字を減らしながら降下してくる。

「カウントダウンだ！　くるぞい、マカ！」

「ヤバい、ヤバいよ、ベルト！」

アドレナリンはマックスだった。そのせいで、マカが大事に胸に抱いていたウェディングドレス姿のマカ・フィギュア（マカが今日一番の大金を出して購入した。髪を撫でると声優の美山ミーの声でランダムに八つのフレーズを喋ってくれる！）が無くなっていることにすぐには気づけなかった。おそらくは、興奮のあまり変な動きをしたせいだろう。フィギュアは一メートルほど離れた地面に落ちていた。

「うわっ。マジかよ」

マカのために拾いに行くが、一瞬早く、見知らぬ客がそれを蹴ってしまい、フィギュアは休憩コーナーのベンチ群の奥へと転がった。

「あーあー、もうっ、何してくれてんだよっ！」

顔をスクリーンに向けたまま、マカのためにベンチの下に手を突っ込む。が、なぜか、フィギュアが手に触れない。きちんと一度目視をした方が手っ取り早いと思い、歩夢は思い切って地面に寝転んだ。

「3……2……1……」

その間にもカウントダウンは進んでいく。フィギュアは思った以上に奥にいた。仕方ない。そのままグイッと体をベンチの下に入れた。

その時だった。

耳をつんざく爆発音が、東京ドーム中に鳴り響いた。地面が波打ち、後頭部をしたたかにベンチの座面の下側にぶつけた。

「な、なんだ？」

更に立て続けに数発、爆発音。

そして、鋭利なナイフのような形状のガラス破片が、上方から無数に降ってきた。

刺さる。

それは歩夢の太ももとふくらはぎに刺さり、無邪気に天井のティアドロップ型スクリーンを見つめていた元・手先の首筋に刺さり、その他東京ドームにいた一万人以上の参加者の大半に突き刺さった。歩夢はそのまま地面に突っ伏していた。四方八方から、歩夢に向かって赤い液体が流れてきた。人の血だった。ドサリと彼の隣りに元・手先が倒れる。歩夢は這うようにしてベンチ下から出た。

（何が起きてるんだ？）

状況が飲み込めない。何もわからない。だが、とにかく逃げなければ！　血の海と化したイベント会場を、歩夢はひとり、走る。走って、走って、走って、途中、痛みにうめく参加者を数人蹴飛ばしてしまったがそれでも走り、なんとか端の壁まで辿り着いた。外へ！　外へ出るのだ！

だがその直後、歩夢は慄然《りつぜん》として立ち竦《すく》んだ。

ゲートが、無い。

つい数時間前に、自分たちが通過してきた入退場ゲートは、跡形もなく消えていた。

第一章

1

子供たちの夏休みを直前に控えた七月のとある夜。東京都港区にある南高輪小学校の教員・秋《あき》山玲子《やまれいこ》は、ＪＲ新大久保駅の改札前にいた。二十時に、友人の松本まどかとこの場所で待ち合わせ。その日は蒸し暑く、身体を竦めていても行き交う人たちと肌が頻繁《ひんぱん》に触れる。そのたびに、お互いの汗が触れて気持ち悪い。あと十五分、ここに立っているのかと思うとうんざりした。混雑の原因は、第三次だか四次だかの韓流《ハンりゅう》ブーム到来のせいだ。

まどかと知り合ったのは五年前の夏。当時、玲子は舞台観劇にハマっていた。芸能人を生で観ることにハマっていたと言った方がいいかもしれない。あの頃の玲子は、Twitterでチケット譲渡のツイートをしょっちゅうチェックしていた。公演日ギリギリになると「仕事の都合で行けなくなった」「同行者が風邪を引いてしまった」などの理由で良席のチケットが出回ることが多い。玲子は、そういうチケットを狙っていた。そんなある日、「同行者が仕事で行けなくなりました。一枚余っています。隣りには、私が座ります」というツイートが目に留まった。最前列のそれも真ん中近く。玲子はもちろんすぐにＤＭを送った。それが、まどかとの出会いだった。いくどかＤＭでやり取りをし、当日、劇場前で待ち合わせをした。玲子より五つ年上の「綺麗なお姉さん」。舞台観劇後に一緒に食事をし、ビールを飲みながら感想を言い合い、大いに盛り上がった。あれからほどなく、玲子もまどかも舞台への熱は冷めた。まどかは今は、二十歳以上年下のＫ－ＰＯＰアイドルグループにハマっている。まどかは玲子も仲間にしたいらしく、盛んに彼らのＤＶＤやＣＤをプレゼントしてきたが、残念ながら玲子は未《いま》だにＫ－ＰＯＰにはハマれていない。その代わりに、まどかに連れられ何度かこうして新大久保で韓国料理を食べに来ている。フローズンマッコリのしゃりしゃりとした喉越しがたまらない。カシス味など、ひと甕《かめ》まるごと飲めてしまう。

ホームに電車が停まり、人の波がまた大きく押し寄せてきた。韓国風メイクをした若い女性と肘《ひじ》がぶつかる。前に立つ四十代くらいの女性が、バッグからミニサイズのパウダースプレーを取り出し首に吹きかける。玲子の顔にまでそれがかかり、思わず顔を歪める。と、モーブピンクのショルダーバッグに入っていたスマホがブルッと震えた。まどかからのＬＩＮＥだった。

「……マジか」

仕事がまだ終わらないので待ち合わせ場所と時間を変えてくれと言う。

「ごめん。待ち合わせは、渋谷のハチ公前に変更してー」

「時間は、二十時四十五分で」

即座に返信する。

「渋谷は気乗りしない」

既読マークが付くのとほぼ同時に、メッセージが入った。

「渋谷のシュラスコ食べ放題のお店に行こうよ。めっちゃ人気あるお店なんだけど、ホームページを見たら二十一時からなら入れそう」

ご丁寧に、店のURLも添えられている。そしてダメ押しのように、「渋谷にお金を落とすのも日本国民のつとめでしょ？」と追伸のメッセージが来た。

(国民のつとめ、か……)

玲子は苦笑した。そのシュラスコの店は、以前は玲子自身も行きたいと思っていた店だ。渋谷のスクランブル交差点を渡ってすぐ。飲食店が入ったペンシルビルの地下一階。渋谷に行くのは嫌だけれど、まどかと会ってから、改めて店を探すのも正直面倒くさくはある。それに、いつまでも渋谷を苦手にしているのもどうかという気持ちもある。玲子は小さくため息をひとつ吐き、

「わかった」

と、短く返信をした。

二十時四十五分。

玲子は、渋谷のハチ公前に移動していた。正確には、ハチ公のちょうど向かいにある緑色の車両の前に立ち、混雑した渋谷の雑踏を眺めていた。正直、渋谷にいるというだけで心がザワザワする。早くまどかが予約したはずのシュラスコ食べ放題の店に移動したい。だが、なかなかまどかは現れなかった。辺りを見回した。カメラを手にした外国人観光客のカップル。立ち話をしている若い男性グループ。ツーブロックの髪型をカラフルに染めている。いかにもキャッチセールスっぽいスーツ姿の男。化粧の下手な若い女。電子タバコを立て続けに吸っているホスト風の金髪。玲子の脳内で、ボンッと爆発が起きる。観光客のカップルが、カラフルな髪色の若い男性たちが、スーツ姿の男が、化粧の下手な若い女が、電子タバコを吸っている金髪男が、全員吹き飛ぶ。体がバラバラになり、不格好に千切れた肉片となる。

玲子は、ハチ公像に視線を移す。

あれは、二〇一六年十二月二十三日十八時半。ハチ公の首輪にしかけられた爆弾が爆発し、ここで何百人もの人が死んだ。いわゆるテロだ。玲子はその現場の様子を、勤務する小学校の職員室のテレビで観た。観てしまった。十八時半ちょうどに爆音とともにかつてのハチ公像が吹き飛び、玲子や職員たちは悲鳴をあげた。映像が揺れ、砂埃と噴煙で一瞬暗くなり、その噴煙が薄れると、向こう側から地獄絵図が現れた。ほんの数秒。テレビは現場中継をカットし、顔面蒼白のまま言葉を出せずにいる司会者たちに映像を切り替えた。でも、その数秒が忘れられない。その数秒だけで玲子はＰＴＳＤとなり、その後何年経っても、ふとした時にそれはフラッシュ・バックしてくる。

やはり、渋谷は嫌いだ。

世の中的には、もうあの事件は遠い過去のことであるらしい。犯人は人質を道連れに自殺したし、ハチ公像は再建された。大手広告代理店のクリエイターが手掛けたという新しいハチ公像は躍動感があり、表情は豊かで健気《けなげ》さより可愛らしさの方が優っていた。でも、玲子にはあまりしっくりこなかった。目立ちたがり屋の女性都知事の主導で除幕式が盛大に行われたのも、メディアがこぞって新しいハチ公像を「平和の象徴」と報道したのにも、なぜか違和感があった。

外国人観光客のカップルが、新しいハチ公を入れ込んで、一生懸命自撮りを始めた。男がカメラを持つのとは逆の手でピース。女は両手でピース。ピース。平和。ピース。ピース。ピース。

（もう、待たずに帰っちゃおうかな）

そんなことを思いつつ腕時計に視線を落とした時、雑踏の向こうからようやくまどかが現れた。

2

世田志乃夫《せたしのぶ》は、フローリングに敷いた布団の上で目を覚ました。大きくあくびをすると、昨日食べた餃子のニンニクの香りが鼻についた。もし、この場に妻の……いや、元妻の真璃子《まりこ》が居たら、「臭い」と鼻をつまみ、不機嫌な顔をするだろう。白いTシャツの下に手を入れ、重たい胃を撫でる。若い頃はなんともなかったが、ここ最近はニンニクで簡単に胃がやられる。微《かす》かな吐き気を感じつつ体の向きを変え天井を見上げる。黒い虫が這っていた。

（クソ。頭も痛いじゃないか……）

自嘲気味に呟く。明らかな二日酔いだ。昨夜、署の近くの中華料理屋で開かれた世田の歓迎会の紹興酒がまだ残っているようだ。

腹に掛かっていたタオルケットを剝ぎ、上半身を起こす。六畳の和室とキッチン、そして申し訳程度のリビングしかない新しい我が家。引っ越しから一週間以上経っているが、荷物の大半はまだ段ボール箱の中のままだ。そう。渋谷署の地域課勤務だった世田は、昨日の七月二十日付で本所南署の刑事課・強行犯係に異動したのだった。

「世田君が、最後の異動だったな」

世田に内示をした渋谷署の署長は、やけにしみじみとした口調で言った。

二〇一六年十二月二十三日に起きた渋谷ハチ公前テロ。あの事件の捜査本部に入っていた警察官は、その後十数人も依願退職したと聞いている。PTSDによる精神疾患が原因だ。退職まではいかなくても、多くの警官が捜査本部解散後に異動を申し出た。事件当時、世田の相棒だった泉大輝《いずみたいき》巡査部長もその一人だった。事態を重くみた警視庁本部は、渋谷ハチ公前テロ事件の捜査に関わった警察官すべての異動願いを聞き入れてきた。そんな中、事件に最も深く関わったとも言える世田だけは、退職も異動も希望せず、淡々と犯人の思想的背景と、そして見つからない犯人の遺体を探し続けた。やつはどこかで生きているのではないか。そういう思いがずっと世田の脳裏から離れない。今回の本所南署への配属は、ごく普通の定期の異動だ。そろそろ事件のことは忘れろ。そう組織から言われたような気が世田はしていた。

JR錦糸町駅北口から徒歩五分、七階建てのマンションの三階。窓は西。ベランダは北向き。二方向から光が入るので、北向き独特の暗さはさほどない。不動産会社の営業曰く、入学、就職、転職、異動の時期が一旦落ち着き、埋まることのなかった物件の家賃の値下げが始まったのだそうだ。1Kで十万だったこの部屋の家賃は、管理費込みで八万五千円に値下げされていた。エレベーターを降りて、右の南側には二部屋あるが、左の北側には世田の部屋しかない。つまり、左右に部屋がないので音をあまり気にしなくていい。そう営業マンはしきりにアピールしていた。離婚後、半年ほど滞在していたウィークリー・マンションよりも安いし、職場にも近い。世田は他の物件を見ることなく契約を決めた。すぐに引っ越し。そして、昨日、着任。

寝転んだまま、床に無造作に放り出していたタバコを手に取る。紙箱に一緒に入れていたライターを取り出し、新たな一本を口にくわえたところでスマホが鳴り始めた。スマホもタバコと同様、床に転がっていた。手に取り画面を確認する。

「天羽《あもう》史《ふみ》」

時間はまだ朝の六時だった。

天羽、誰だったか。痛む頭で思い出す。そうだ。昨日から世田の相棒になった本所南署の女性刑事だ。年齢は、二十五歳。刑事になってまだ半年の新人だ。

「世田だ」

電話に出る。と、向こうから屈託のまるでない声が聞こえてきた。

「わかっていますよ。世田さんに電話をしたんですから。事件です。錦糸公園で女性の遺体が発見されました」

「そうか。わかった。着替えたらすぐ向かう」

「私、今、世田さんのマンション前に車をつけています」

「は？　わざわざ迎えに来たのか？　錦糸公園なら歩いていけるぞ」

「車の運転、わりと好きなんで。あ、もしかしてですけど、今、パンイチですか？」

「は？」

「出たー。中年男のひとり暮らしはやっぱりパンイチですよね。やだ。まじウケるんですけど！」

電話の向こうで、天羽はゲラゲラと笑っている。何が可笑《おか》しいのか、世田には理解出来なかったが、そのまま電話を切った。

ザブザブと冷水で顔を洗い、元妻が大量買いしていたユニクロのエアリズムを着る。その上にワイシャツ。警察手帳を入れっぱなしにしているバッグを手に、二分で部屋の外に出て、マンションのエントランスに降りた。マンション前には黒いセダンが横付けされていて、その前に天羽が立っていた。悠々《ゆうゆう》とタバコを吸っている。白い半袖シャツに黒い細身のパンツ。背中の真ん中ほどまであるウェーブのかかった長い髪の色は、なんとパープル・ピンクだ。上司から何度も「髪を黒く染めろ」と、言われているらしいのだが、「ガッツリ刑事の見た目より、私みたいな方が被害者とか関係者が話しやすい時もあるっしょ？　でしょでしょ？」と、のらりくらり躱《かわ》してきたのだという。

「待たせたな」

振り返った天羽の顔を見て、ギョッとする。目の玉がうっすらと青く……カラコンと言うらしい……今にも重力でもげそうなほど巨大なまつ毛……エクステと言うらしい……をしている。唇も真っ赤で、パッと見は出勤前のキャバ嬢だ。

「なんですか？　私の顔になんかついてます？」

「いや」

助手席に回ろうとしたところで、天羽が声をあげる。

「ストップ！」

「なんだ？」

「乗る前に、手を出してください」

「？」

意味はわからなかったが、世田は手を出した。天羽は、その掌にポケットから取り出したミントタブレットを載せた。

「それ、食べてください。昨日、餃子山盛り食べていましたよね？　車の中、ニンニク臭くなるのは勘弁なんで」

言われた通りにミントタブレットを口に押し込む。その間に天羽は、世田のスーツに勝手にファブリーズを吹きかけてくる。

「ヤニ臭いのも勘弁なんで」

天羽は、世田の身体を回りながら、まんべんなくファブリーズを吹きかけていく。どうやら、世田の新しい相棒は、警察ではあまり見かけないタイプのようだ。ようやく助手席に乗り込む許可が出る。天羽が運転席。世田が助手席。車は錦糸公園に向けて出発した。

「どんな遺体か聞きたいですか？」

「いや。現場に行けば遺体があるだろう」

「そっか。先入観はいらないってタイプの刑事なんですね。あ、私にとっては、最初の殺人事件です。あ、寒いですか？　今日、暑いから冷房ガンガンに入れているんです。汗かくとかヤバいし。メイクが崩れるの困るし、あ、でも、フィックス・スプレーは、あ、わかんないか。メイク崩れ防止のスプレーですね。それ、使ってはいますけどね。一応。クールタイプの。あ」

現場に着くまでの五分間。天羽は運転しながら一人で喋り続けていた。

3

午前六時三十五分。

天羽の運転した車は、四ツ目通り沿いの錦糸公園脇に横付けされた。入り口から、公園に入って少しの公衆便所の前まで移動する。黄色い規制線は既に張られており、鑑識や捜査員たちで辺りはごった返している。ぐるりと周囲を見回す。芝生広場。ちびっこ広場。野球場。テニス場。正面には墨田区総合体育館。左側には、大型ショッピングモールと高級レジデンス。そして、右側にはホテル。前に立つ制服警官に軽く会釈し、世田は規制線の中に足を踏み入れる。遺体は、ちびっこ広場で見つかったという。世田の後ろを天羽もついてくる。

遺体はまだ、大型遊具から四メートルほど離れた場所に、ビニールシートをかけられた状態で置いてあった。しゃがみ込み、まず合掌をする。それから、顔部分だけシートをめくる。女性は、うつ伏せの状態だった。シートを更に背中のあたりまでめくる。半袖の白いワンピース。砂で汚れている。天羽は、世田の斜め後ろから遺体を見ていたが、やがて手帳を広げた。

「死因は、鋭いナイフのようなもので切られたことによる失血死です。死亡推定時刻は、今朝の一時から二時だそうです」

「被害者の身元は?」

「遺留品の免許証によると、秋山玲子二十九歳。押上在住です」

それから天羽はスッと手を伸ばし、遺体の着衣の首元を裏返した。

「この人、かなりお給料の良い仕事してたんですね」

「どういう意味だ?」

天羽は、自分のパンツの太もも部分を指差した。

「このパンツスーツと同じブランドです。刑事になった記念にボーナス一括払いで買ったやつです。十万もしたんですよ、十万!」

世田には、それが高いのか安いのかわからない。

「免許証の住所は押上で、なのに錦糸町で殺害されたってことか?」

「はい。でも、錦糸町から押上なら、まっすぐ歩いて二十分ぐらいです。歩いて帰ろうと思ったんじゃないですか？」

「夜中に女性が一人で？」

「酔い冷ましかもしれないし、ダイエットのためかもしれないし。別に不思議なことではないと思いますけど？」

「そうか」

世田は、シートを元に戻して立ち上がった。ロケットの形をした大型遊具のそばで、昨日から世田の同僚となった強行犯係の巡査・木藤正文と巡査部長の倖田頼元が、スーツ姿の若い男にあれこれと質問をしている。木藤は二年前に刑事課に初めて配属になった若手。倖田は、世田より五つほど年上で、さまざまな所轄署を渡り歩いているベテランだ。本所南署は、去年からだそうだ。近づくと、倖田がすぐに世田に気がつく。

「第一発見者で通報者の、緒方守さんです」

緒方は、疲弊《ひへい》した様子で立っていた。髪はボサボサでネクタイが緩み、スーツにもかなりシワが寄っている。

「緒方さんは、都内に勤務する商社マンだそうです。昨夜、新宿で学生時代の仲間と飲んでいて酔いつぶれてしまい、この公園の芝生の上で一晩寝てしまったと言っています」

そう木藤が付け加える。

「芝生で？　うわっ、最悪！」

天羽が無遠慮に口を挟む。

「で、朝、目覚めて、慌てて一度家に帰ろうとして、あの遺体に躓《つまず》いて転んだんだそうです。で、パニックになって、遺体の周囲をかなり這い回ってしまったらしく、現場一体、緒方さんの尻跡と手形とゲソ痕が大量にある状態です」

緒方という商社マンは、憮然《ぶぜん》とした表情で黙っている。

「あれ？　鑑識、ゆずさんじゃないか！」

世田が声をあげると鑑識官の指原譲が顔を上げ、笑いかけてきた。

「おっと、世田さん。あんたもついに異動したのか」

指原は、かつては渋谷署の同僚で、あの地獄のハチ公前で一緒に這いずり回った仲だった。彼は、あの爆弾テロの事件の直後の人事異動で、最初に渋谷署を出た中の一人だ。

「異動して二日目から殺人事件たあ、世田さん、あんた、死神に愛されてるね」

指原がそんな冗談を言う。

「つまんないこと言ってないで、ゲソ痕、ひとつももらさず調べてくださいよ。百や二百じゃきかなそうだけど」

世田が言い返す。と、突然、天羽がクスクスと笑いながら、「ゲソ痕、楽しそう」と言った。

「楽しそう？」

指原が思わず眉を上げる。天羽はピンと人差し指を立て、続けた。

「だって、靴底って面白いじゃないですか。たとえば、左右の靴底がバランスよくすり減っている人は、歩き方に偏りがないからスタイルがいい人とか、ファッション・センスの良い人は、靴底も可愛い靴選んでたりとか」

「靴底が可愛いなんてあるの？」

木藤が尋ねると、天羽は「え？」と驚き、重そうなまつ毛のエクステをパチパチとさせた。

「靴底が可愛い靴って、世の中にいっぱいありますよ。花柄とか動物とか、ブランドのロゴとか」

「靴底なんて普段見えないし、おまけにすり減るのに、柄とかあっても意味がなくない？」

「じゃあ、木藤さん。今、どんなパンツ穿いてる？　小学生とかが穿くような真っ白のブリーフ・パンツ？」

「や、違うけど」

「ほら！　パンツとか買う時、ちゃんと柄とかブランドとか選んで買ってるんでしょ？　普段は、見えないのに。それと一緒。見えないオシャレってものがあるわけ」

「あの……自分はもう帰っても大丈夫ですか？」

緒方という商社マンが聞いてきた。世田の勘では、緒方はただの発見者でそれ以上の関わりは無さそうだった。念の為の連絡先を木藤がメモをし、彼には現場から退場していただくことにした。

「世田さんは引っ越してきたばかりなんで、錦糸公園のこともよく知らないですよね？」

倖田が改めて話し始める。

「この公園は、人の出入りが激しいんですよ。昼間は、家族連れやらカップルやら、そこら中にワンタッチテントがあります」

「夜は？」

「夜は真逆で閑散《かんさん》としてますよ。錦糸町って、南口は競馬場があって、ねーちゃんたちの店も多いんですが、北口は住宅街なんで、この公園で若者が騒いでいたらすぐに通報されるんですよ。高級レジデンスがあるし、駅前に交番もあるし。なので、ある意味、夜中はちょっと怖い場所でもありますよ。ガイシャのお姉さんは、なんで、夜中にこんな公園を歩いてしまったのか」

「強盗の線はありそうですか？」

「どうでしょう。ガイシャのものらしいピンクの長財布があるんですが、中には札も小銭もありません。犯人が盗んでいった可能性は高いかと思います」

木藤がポケットからスマホを出し、世田に遺留品の写真を見せてきた。画面をスクロールして、ピンクの長財布の写真を示す。

「で、この財布、札と小銭は無いんですけど、レシートは残ってたんですね」

スクロールすると、今度はそのレシートが映し出される。

「このレシートがガイシャのものだと仮定すると、彼女は昨晩、新大久保に行って、それから渋谷に行ったみたいです」

天羽が、世田の横からその画像を覗き込む。

「わ！　このシュラスコのお店！　めちゃめちゃ美味しい店ですよ！　調子に乗ると、食べ過ぎちゃうけど」

言いながら天羽は手を伸ばし、勝手に次の画像にスクロールする。そして被害者のスマホ本体の画像を見て指を止めた。

「うわっ。スマホ、バキバキに画面が割れてるじゃないですか！　しかも機種、古ッ！」

天羽は木藤からスマホを奪い、勝手にスクロールを始めた。

「おいおい、ふみっぺ」

倖田が苦笑いをするが、別に止めはしなかった。世田は「ふみっぺ」という呼称が、今どきのコンプライアンスにうるさい警察組織的にどうなのだろうと思ったが、何も言わずにおいた。天羽は画面をスクロールしては手を止め、またスクロールしては手を止め、を繰り返した。

「あの……スマホって、この画面が割れたのだけですか？」

「うん。ゆずさんがチェックしようとしたけど、充電が切れてるらしい。機種が古いから、電池の持ちが悪いんじゃないかな。署に戻ってから詳しく調べるって」

「いやいや。スマホこれだけってことは無いでしょ。もう一台くらい、ありませんでした？」

「天羽。なぜガイシャがもう一つ、スマホを持っていると思うんだ？」

世田が尋ねると、天羽は再び画面に視線を落とした。

「このメイクポーチの中身、ファンデーションで汚れてない。それから、ファンデ、チーク、アイシャドー、リップ。どれも今年の夏の新作。たぶん、季節ごとにちゃんとメイクを変えている子。財布がパンパンにならないように、ちゃんとカードケースも持っている。キーケースも財布とカードケースと同じブランドで……」

「要点だけ、頼む」

「ですから！　なんていうか、この人ちゃんとしてるじゃないですか。だから、スマホだけ古い機種とかバキバキに画面割れてるのって、なんかこの人らしくないんですよ。この人なら電池の持ちが悪くなった時点で、それか、新機種が発売された時点で機種変更するはず。スマホの画面がバキバキに割れてるのって、性格的に耐えられないんじゃないかな？　だけど、バキバキのままにしてるってことは、修理できない事情がある。つまり、これは自分のスマホじゃない。たとえば、会社の支給的な？　だから、もうひとつちゃんと、自分のスマホがあるはずかなって」

天羽史は、元々はサイバー班だったが、自ら希望して刑事課に異動してきたそうだ。刑事課を希望した理由は「痩せそうだから」。それを上司に却下されると、次に出した異動希望理由は「サイバー班は座りっぱなしの時間が長いので下半身がむくむから」。かなり異色の人材ではあるが、こうして現場で一緒にいるうちに、不思議と違和感が無いことを世田は感じていた。

「とにかく、手分けして聞き込みしていきましょうか」

世田は、話を前に進める。どんなに張り切ったところで、所轄の刑事が捜査を仕切れるのは、桜田門にある捜査一課が入ってくるまでだ。

「では、倖田さん、木藤と一緒に目撃者探しを」

「了解。とりあえず、野次馬からやりますよ」

規制線の向こうには人が集まりだしていた。スマホを取り出し、写真を撮っている。この光景は、世田も他の刑事たちも見慣れている。

「俺と天羽はどうするか。ガイシャの自宅か、あるいは先に勤務先か」

「勤務先にしましょう」

新人のくせに、天羽が即答した。

「なぜ？」

一応、その意図を聞いてみる。

「彼女、多分、一人暮らしなんで、家は昼も夜も一緒でしょ。でも勤務先は、夜になると人がいなくなりますからね」

「なるほど」

車に乗り込み、天羽はサクサクと目的地をカーナビに入力する。

「で、勤務先ってどこだい？」

「高輪です。南高輪小学校」

メモも見ずに天羽が答える。既に住所も暗記しているようだった。

4

高輪に向かう車中、世田はずっと天羽に質問攻めにされた。

「渋谷のハチ公テロの捜査に関わった人って、みんな心を病《や》んじゃったって本当ですか？」

「みんなは大袈裟《おおげさ》だ」

「世田さん。せっかく再婚したのに、どうして半年で離婚したんですか？」

「そんなことはノーコメントだ」

「奥さんのお父さんとうまくいかなかったんですか？　奥さんのお父さんって、確か、元公安部長ですよね」

「ノーコメントだ」

「っていうか。同じ人と再婚するぐらいなら、離婚しなきゃよかったのに」

「ほっといてくれ」

「あれ。おじさんって、若い女の子からあれこれ質問されるのって大好きなんじゃないんですか？」

「デマだ」

「あ。私のことは好きに呼んでくれて良いですよ。私、そういうので『ハラスメント』とか騒がないタイプなんで。ふみって呼び捨てでも、ふみちゃんでも、ふみちんでも、ふみっぺでも」

「どれも断る。苗字で呼ぶ」

「どうぞー」

「それより、天羽、ホトケさん直接見たのは初めてだろ？」

「そうですけど。それが？」

「いや、別に」

よく吐かなかったな、という言葉を飲み込む。もう、そういう時代ではないのかもしれない。そんなことにも時代というのがあれば、だが。

「世田さん。話ちょっと戻るんですけど、そもそもなんで再婚しようと思ったんですか？」

「ノーコメントだ」

「同じ人と再婚して、しかもまた離婚してるんですよね？」

「誰から聞くんだ、そんな話」

「情報収集は刑事の基本です。これから相棒になる人の人となりはきちんと知っておきたいじゃないですか」

「……」

「で、なんで二度も離婚したんですか？　原因は？」

「ノーコメントだ！」


午前八時。小学校の近くにあるコインパーキングに車を停めた。五つほどあるスペースの一つが空き、待つことなく車を停めることが出来た。車を降り、通学路になっている住宅街の細道を天羽と歩く。車が一台通るたび、世田は天羽の後ろに回る。それで、車が通過出来るギリギリの道幅だった。南高輪小学校へ向かう二分ほどの間に、児童と手を繋いで歩く保護者や、児童を乗せた車と何台もすれ違う。

小学校の門には、ベージュのスーツを着た五十代後半の女性が立っていた。こちらに気づき、丁寧に頭を下げてくる。アップにした白髪混じりの髪は、スプレーで固めているのか全く乱れがない。髪型だけ見ると、どこかのスナックのママのようだ。

「高橋校長ですか？」

天羽が声をかけると、彼女はチェーンで首から下げていた銀縁のメガネをかけた。

「ええ。先ほどお電話をいただいた……」

「はい。本所南署刑事課の天羽史です。こちらは世田です」

言いながら、警察手帳を見せる。高橋校長はメガネの縁を上げ、時間をかけて天羽の顔を確認している。

「あ、私、刑事っぽく見えないですよね？　でも、正真正銘の刑事ですので」

質問される前にそう追加で説明する。高橋という校長は世田をチラリと見る。世田の方は、以前に複数回、「どこから見ても刑事っぽい」と言われたことがある。

校長はわざわざ世田の方に、「では、ご案内いたしますので、こちらにどうぞ」と言った。

桜の木が両脇に植えられた門。小さな校庭。その校庭を囲むようにコの字型に建てられた校舎。

緑のスリッパを二つ出される。礼を言って世田はそれを履いたが、天羽の方は黒い革バッグからピンクの巾着《きんちゃく》を取り出し、中から折り畳まれたスリッパを床に置きながら言った。

「あ、私はマイ・スリッパ持参してます。水虫とかうつったら、勘弁なんで」

「そ、そうですか」

高橋校長の顔を、世田はあえて見なかった。廊下を歩き出したところで、賑やかな子供たちの声が聞こえてくる。図書室。ドアのガラス窓から中を覗き込むと、数名の児童たちが楽しそうに話しているのが見えた。

「今日から夏休みなんですが、図書室は開放しているんです」

高橋校長が説明する。

「夏休みかー。いいなー。てことは、秋山玲子先生も、本当なら今日から長い長い夏休みだったんですよね？　きっと、いろいろ予定も立ててただろうに、可哀想……」

天羽がそう言うと、高橋校長は微かにムッとした様子で言う。

「児童たちは夏休みですが、教員は全員、通常勤務です」

「そうなんですか？　子供は夏休みなのに？」

「そもそも、今の日本では、小学校の教員は激務なんです。一日お休みを取るのだって大変ですよ」

「マジすか。小さい頃、先生になりたいなーなんて思った時期もあったけど。いやぁ、絶対に無理だ。警察にしといて良かった。うん！」

天羽の言葉を、校長は皮肉な笑みだけでスルーした。そしてその時、世田は、真璃子のことを思い出していた。一度目の結婚をしたあと、真璃子が子供を作ろうと躍起になっていた時期がある。もし、その頃に子供を授かっていたら、今、図書室で楽しそうに戯れているあの子供たちくらいの歳だっただろう。真璃子と世田の関係も大きく変わっていただろう。再婚直後、真璃子からこんなことを言われた。

「ねえ。私たち、里親になるっていう選択肢はどうかしら」

「え……」

見ず知らずの他人の子供の親になるなんて、世田は一度も考えたことがなかった。話はずっと平行線で、おそらくそれが、離婚に繋がる大きな要因であることは間違いない。もしもあの時、聞き入れていたら……せめて、「きちんとゆっくり考えてみるよ」などと答えていたら、今も自分は真璃子と一緒に住んでいるだろうか。

談笑していたグループの更に奥で、ひとり静かに読書をしていた男の子がスッと本から顔を上げた。

「?」

顔に見覚えがあった。しかし、どこで見たのかは思い出せない。歳を取ると、こういう体験が加速度的に増える。どこだっただろうか。それともただの勘違いだろうか。高輪の小学校に通う子供に知り合いがいるとは思えない。すると、世田の視線に気がついた校長が、種明かしをしてくれた。

「あー、あの子は、相沢愛音《あいざわあのん》くんです。テレビのコマーシャルに出てるんで、ウチの学校の児童では一番の有名人です」

「芸能人ですか！ へえ！ 私、芸能人大好きなんですよ！ テレビは全然観ないんですけど！」

と、天羽がチグハグな反応をした。高橋校長は苦笑いを浮かべる。

「いえ。愛音くん自身ではなく、親が有名な芸能人なんです。俳優の相沢貴俊《たかとし》と歌手の相沢比呂《ひろ》子《こ》。ご存じでしょう? 彼はそのふたりの子供なんです。テレビのコマーシャルも、親子出演。ちなみに彼、秋山先生が担任されていたクラスの子です。とても頭が良いんですけど、それを褒めるとすぐ『芸能人の子供だからえこひいきされているんじゃないか』って別の子の親たちからクレームが入るんで、秋山先生、いろいろご苦労されていました」

「そうなんですか。学校の先生も大変なお仕事ですね」

話を合わせつつ、世田は、元妻のことを意識から振り払った。男の子を見る。彼はもう本に視線を戻していた。級友たちの輪に入る気はまるで無さそうだ。何の本を読んでいるのだろうと目を凝らす。絵本だろうか。彼がページを捲る時に、タイトルが見えた。

『世界がもし100人の村だったら』

表紙にはそう書かれていた。

「事件のこと、児童たちにどう伝えれば良いか。みんな、大きなショックを受けるでしょう」

深いため息とともに校長は言う。しかし天羽の方はいたってそういう心の機微には鈍感らしく、

「でもまあ、そのまま言うしかないですよね。起きてしまったことは、起きてしまったわけですから」と平然と言った。

「最近、秋山先生に何か変わったことはありませんでしたか？」

いわゆる「形式的な質問」というやつである。天羽に何かしら言ったところで何か良い効果があるとも思えなかったので、さりげなく話を本線に戻せれば良いか、くらいのつもりで世田は訊いた。

だが、校長は、口をキュッとつぐみ、逡巡《しゅんじゅん》するように左右に視線を揺らした。

「どんな些細なことでも結構です。気になることがありましたら、教えていただけると助かります」

そう世田が続ける。校長は、更に迷っていたが、やがて、「事件と関係があるのかはわかりませんが」そう前置きしてから、些細とは言えない言葉を口にした。

「実は、秋山先生は、脅迫、されていました」

5

世田と天羽は、応接室に入った。三人掛けの茶色いソファに並んで座り、高橋校長の戻りを待つ。彼女は、応接室に入るやいなや、「ちょっとだけお待ちください」と言い残して、またすぐに外に出て行った。

「暑いな、もう……」

隣りの天羽が、ポータブルの小さな扇風機を自分の顔に向けながら言う。言いながら、時計を見る。

「高橋校長、遅くないですか？」

「そのうち来るだろう」

「でも、応接、出てってから、そろそろ四十分ですよ？」

「戻ってきたら、何をしていたのか聞いてみよう」

「っていうか。あの校長、なんか、もったいぶってません？　ちょっとだけ声を顰《ひそ》めて『脅迫、されていました』……あの『、』……あの句読点がクサイっていうか」

天羽の文句は、そこで終わった。ドアがノックされたからだ。

「どうぞ」

世田の声より早く、黒いファイルを脇に抱えて、高橋校長は戻ってきた。

「お待たせしました」

「ものすご〜く、お待ちしておりました」

天羽はにっこりと微笑《ほほえ》みながら嫌味を言う。けれど、高橋校長は、顔色ひとつ変えずに、世田の対面にあるソファに腰掛けた。

「お時間いただいてすみません。ファイルにまとめておりましたもので」

そう言って、テーブルの上に黒いファイルを置き、向きを世田の方に回した。

「これは？」

「秋山先生に対する脅迫の記録です。どのような形で脅迫の連絡を受けたのか、一覧にしています」

「拝見します」

世田は、テーブルの上でファイルを開いた。天羽も身を乗り出す。

始まりは、夏休み前日の午前十時五分の電話。受けたのは、高橋校長だ。

「秋山玲子を辞めさせろ。不倫女を教壇に立たせるな」

相手はいきなりそう喚《わめ》いた、と書かれてある。

「不倫？　あの先生、不倫してたんですか？」

世田はその問いには答えず、クレーム電話の内容をどんどんと読んでいく。

電話は、ピーク時には十分置きくらい。それとは別に、メールも百件以上。威力業務妨害の典型のような事案に見えた。

「妊娠中の妻がいる夫をたぶらかす女、秋山玲子」

「秋山玲子のような女に、教育させるな」

「秋山玲子。頼むから死んでくれ」

内容はワンパターンで、具体性に乏しい。死ね、とか天誅《てんちゅう》、とか書いてあるものもあるが、脅迫というより誹謗中傷《ひぼうちゅうしょう》という説明の方がふさわしそうだ。

「なるほど。で、この件、警察への通報は？」

「通報はしておりません」

「なぜですか？　この件数を見ると、業務にかなり支障が出たでしょう？」

「しかし、通報すれば、面白がって参加してくる困った人たちが更に湧いてくるでしょう。学校のイメージダウンにも繋がりますし、それに、『人の噂も七十五日』と言いますしね」

「噂？　どんな噂ですか？」

「……まあ、ネットで検索すれば簡単にわかってしまうことですからね」

高橋校長は、小さくため息を吐いた。そして、ポケットから四つ折りのコピー用紙を取り出し、これも世田の方に向けて置いた。

「先週発売された、週刊誌の記事です」

「週刊誌?」

世田が開く。天羽がグイッと体を寄せてきて、一緒に読む。

『妻の妊娠中に不倫か⁉』

それが、大見出し。そして、

『世界的人気漫画『ツリー・ブランチ』の作者、深夜に美女と濃厚なハグ』

と、見開き二ページの記事を横断するように、中見出し。そして、大きな写真。『ツリー・ブランチ』の作者と思しき男性が、別れ際だろうか、夜の繁華街で、妙齢の女性を力強くハグしている。男の顔はそのままだが、女性の方には黒い目隠しラインが引かれている。

「ああ、これ! そこそこネットで燃えてたやつ!」

即座に天羽が反応する。

「この、目にモザイクの女は誰だ?って。ネットで特定班たちが張り切っちゃって」

「特定班?」

「知らないんですか? なんでもかんでも、とにかく材料集めて、ネットで話題の人物の個人情報を特定することに無上の喜びを感じる変態さんたちのことです」

「なるほど。そういうやつらがいるんだな」

「アイドルのAじゃないかとか、若手女優のBじゃないかとか、いやいやきっと声優じゃないかとか、いろんな名前がTwitterで飛び交って、それでこの漫画家が公式のＳＮＳで、『一般の方なので、個人の特定はおやめください』って書き込んだら、それがまた燃料になっちゃって……あ」

天羽は、掲載写真を指差したまま高橋校長を見た。

「この女性って、え、もしかして、え？　え？　もしかして、秋山玲子先生ですか？」

「ちまたでは、そういう噂も流れているようです」

高橋校長が苦虫を嚙み潰したような顔で答えた。

「それで、脅迫電話か。納得。なにせ、伊勢原先生は、だって、あの『ツリー・ブランチ』の作者ですもんね。熱狂的な信者みたいな人、たくさんいますものね」

「そんなに有名な漫画なのか？」

世田が尋ねると、天羽はしげしげと世田の方を見てきた。

「まさか、世田さん。『ツリー・ブランチ』を知らない？」

「ああ」

「マジか……うわあ。刑事バカ」

「は？」

『ツリー・ブランチ』は、日本だけじゃなくて、世界でもバカ売れしている超絶有名な漫画です。主人公の監原ベルトと、ブリブリなのにビッチでキュートなヒロインの夕張マカ。アニメにもなって映画にもなって、コンビニのくじとか、コラボ商品とか、レストランやスーパー銭湯とかとのタイアップとか、とにかく街のそこら中に『ツリー・ブランチ』の絵が溢れてるんですけど」

「そうなのか。しかし、そんな売れっ子の漫画家と、秋山先生はどこで出会ったんだろう。それと、芸能人でもない秋山先生が、どうしてその、なんだ？」

「特定班」

「そう。その特定班に特定されてしまったんだろう」

「ちょっと調べてみましょうか」

「え？　ここで？」

「はい。今どき、スマホさえあれば大抵のことはわかりますよ？」

そういえば、この女は、元は警視庁のサイバー班だったなと世田は思い出した。天羽は自分のスマホを慣れた手つきで操り、Twitterの画面を開いた。検索して、スクロールして、また検索して、をしばらく繰り返す。そしてほどなく、

「みっけ♪」

と笑顔になった。

「最初はこいつですね。アカウント名は『未熟なスイカ』。なんか拗《こじ》らせてる感じですよねー。投稿は、夏休み前日の午前九時半頃」

「そこに、秋山先生の名前が？」

「そうです。ちなみに、『未熟なスイカ』は、このツイートだけ投下して、すぐにアカウントを削除して逃亡してますね。典型的な捨てアカっすね」

逃亡？　捨てアカ？　世田にはその辺りの意味もわからなかったが、ここは天羽の話の腰を折らないことにした。

「よくある話です。『未熟なスイカ』は、んー、『ツリー・ブランチ』の伊勢原英和と秋山玲子先生のことを元々知っていた。つまり関係者。なので、二人のことは陥れたいけれど、自分の身バレは避けたい。なので、暴露して拡散され始めたのを確認したら、即逃亡。でも、削除さえすれば逃げられると思ってるところがめっちゃ素人」

「そういうものなのか？」

「はい。今、一連のやつ、スクショして、送りますね。っていうか、世田さんもTwitterのアカウント作った方がいいですよ？　見る用に。あ、やり方わかんないか。あとで、私がやります」

天羽がそう話している間に、もう世田のスマホに画像が送られてきた。

「わかります？　いろんな人がこうやって『未熟なスイカ』の投稿をスクショして、で、ガンガン拡散されちゃったわけです」

「なるほど」

週刊誌に載っている写真と、特定班たちが検証に使っている写真は、顔の角度がほぼ同じだった。確かに、良く似ている。いや、同一人物としか思えない。

「で、本当に不倫だったんですかね。秋山玲子先生と、伊勢原英和先生」

「違いますよ」

高橋校長が即座に否定した。

「その根拠は？」

「まず、ご本人が違うと言っておられました」

「ほう」

「その写真では上手に切り取られていますが、実際は三人での食事だったそうです。そして、ハグは、その漫画家先生は、男女構わず挨拶としてハグをされるそうなんです」

「なるほど」

「私は、校長として、秋山先生の言葉を信じました」

「なるほど。でも、ネットの有象無象の連中は信じてくれなかった。それで、嫌がらせの電話やメールがたくさん届いた……」

天羽が口を挟む。

「まあ、ぶっちゃけTwitterなんてトイレの落書きと一緒なんで、それに対してわざわざ対応するっていうのは難しいですよね。伊勢原先生はともかく、特にこちらの小学校としては」

「……」

校長はそれについてはコメントしなかった。

「高橋校長。貴重な資料、大いに参考になりました。ありがとうございます。他の先生方にも少しだけお話を伺いたいので、お一人ずつ、お呼びいただいて良いでしょうか？」

世田が丁寧にお願いをする。

「では、最初の先生を呼んでまいりますね」

高橋校長は椅子から立ち上がり、応接室から出て行った。

「不倫、本当だと思います？」

校長がいなくなった瞬間に、天羽が尋ねてきた。

「まだわからん。それと今回の殺人とが関係あるのかどうかも」

世田が答える。

「俺は、どんな事件でも、なるべく先入観は持たないことにしている。今回もその方針で行くつもりだ」

6

週刊誌がきっかけで始まった一連のトラブルについては、天羽から刑事課長代理の古谷栄太郎《ふるやえいたろう》に報告された。捜査本部がすぐに立ち上がるだろうから、この事案もその時、捜査員全員に共有されるはずだ。

それから、世田と天羽は、秋山玲子の同僚教師たち全員から、一人一人個別に話を聞いた。あと一人で終了、という頃には、時刻は夕方四時近くになっていた。

「どの先生も、判で押したみたいに同じ話をしますね」

最後の先生を待つ間、天羽が言った。

「確かに、そうだな」

・秋山玲子は、仕事に対して真面目だった。
・秋山玲子は、すべての児童に公平だった。
・秋山玲子は、誰かに恨まれるような人じゃない。

・秋山玲子は、不倫をするような人じゃない。

・誹謗中傷の対応には、すこぶる迷惑した。

そして、全員が口を揃えて言った。

「ただ、秋山先生とは仕事上の付き合いだけなので、プライベートなことは何も知りません」

すべての児童に公平、とわざわざ皆が言うのは、担任しているクラスに有名芸能人の子供がひとりいたからだろう。

「あの。先生方それぞれ、プライベートの電話番号は知らないって。ちょっと異常じゃないですか？　高橋校長って、先生方を束縛し過ぎですよね」

天羽が口を尖らせて言う。

「校長の方針じゃなきゃ誰の方針ですか。普通に放置してたら、今どきみんな、ＬＩＮＥのアドレスくらいは速攻で交換しますよ。てか、してない方が変です」

「そうか。最後に校長に訊いてみよう」

と、ノックの音がして、最後の一人が応接室に入ってきた。ピンクのジャージ姿。髪はボブカット。やや小柄。顔の造作も、目も鼻も小さく、地味な印象だった。

「小藪ちえみです。四年一組の副担任をしています」

そう彼女は自己紹介をした。

「どうぞ、お座りください」

そう世田に言われ、素直に椅子に腰を下ろしたが、直後、急に口をへの字に曲げて、目に涙を溢れさせた。

「なんで？　どうして玲子先生が……」

「大丈夫ですか？」

労《ねぎら》いの言葉をかける。と、小藪ちえみは顔を上げ、世田と天羽を睨んだ。

「大丈夫なわけないでしょう！　玲子先生が死んじゃったんですよ⁉　殺されたんですよ？　大丈夫なわけないじゃないですか‼」

ちらりと天羽が世田を見た。おそらく、世田と同じことを思ったのだろう。大勢の同僚教師から聞き込みをしたが、殺された秋山玲子を下の名前で呼んだ同僚は、この小藪ちえみが初めてだった。

世田と天羽がそのままじっと黙っていると、やがて小藪は、

「ごめんなさい。大きな声を出してしまって……」

と謝り、涙を拭いた。

世田は、改めて手元の資料を見た。小藪ちえみ。二十四歳。賞罰ともに無し。四年一組の副担任。秋山玲子は四年一組の担任なので、一緒に同じクラスを受け持っている関係だ。ガイシャとちえみは、同僚としてだけの付き合いではないのかもしれない。

「秋山先生とはプライベートでも交流はありましたか？」

天羽が先に質問をした。世田はなんとなく、小藪ちえみとのやりとりはこのまま天羽に任せることにした。こういうことも刑事の勘と言うのかもしれない。

「え……いえ、そんなことは特に」

相手はモゴモゴと口の中だけで答えた。

「あ。ここでの会話は、高橋校長には伝えませんよ。絶対に」

すぐに天羽はそう言って、わざわざ口にチャックをする仕草まで見せた。

「たとえば、小藪先生が、実は同じ小学校の同僚の先生と付き合っているとお話しされたとしても、私たちからそれを高橋校長に伝えることは絶対にありません」

「え？　何のお話をされてるのか良くわからないんですが」

「またまたあ」

「え？」

「もう、私たちは知ってるんですから。先に男の先生にお話を聞きましたからね」

「ええ？　夏目先生から話したんですか？」

ひどいカマの掛け方だと世田は思ったが、ここも黙っていることにした。ちなみに夏目先生というのは、今日、三番目に話を聞いた若い長身の男の先生だ。

「いえいえ。夏目先生は何も仰っていませんよ。でも、夏目先生と小藪先生、同じ匂いですよ。同じ柔軟剤の匂いがガツンと。なので、小藪先生と夏目先生は現在同棲中かな、と私は直感しました。あ、こういうの、刑事の勘ってやつですかね」

最後の部分だけ、天羽は誇らしげに世田を見た。世田は（違う）と思ったが、ここも口は出さないことにした。

「正解、でしたね？」

「……」

「あ。高橋校長には言いませんよ。同僚と秘密の恋っていうシチュエーション、私も憧れます。残念ながら、私の今の職場には夏目先生のような爽やかな若い男がいなくて、実現していないですけど」

（何を言ってるんだ、おまえは）と世田は心の中で呟く。

「で、話を元に戻して、改めてお伺いします。秋山玲子先生とは、プライベートでもお付き合いはありましたか？」

「まあ、多少は」

「秋山先生の携帯の番号はご存じですか？」

「いいえ、知りません」

「え？　知らないんですか？」

「同僚同士の番号交換は、校長から禁止されてるので。あ、でも、今はLINEやSNSのDMとか、何とでもなるので不便はないんです」

また、ちらりと天羽が世田を見た。実は、三時間ほど前に、鑑識から世田と天羽に情報が共有されていた。液晶画面が割れていた秋山玲子の携帯、あれにはLINEも、TwitterやインスタなどのSNSも、何もインストールされてはいなかったという。

「ちなみに、秋山先生って、携帯はおいくつ使われてました？」

「え？　どうでしょう？　学校支給の携帯の他に、んー、あと二本くらい持ってたような」

「え？　じゃあ、全部で三台持ちですか？」

「ごめんなさい。わからないです。新しい携帯に変えたのを、私が二本持ってると勘違いした可能性もありますし」

「いえいえ。全然、オッケーです。とても有難い情報です。少なくとも二台以上持ちだったことは確実なわけですものね？　ありがとうございます」

「いえ……」

「ここ最近、プライベートで会ったりしました？」

「はい。先週末、居酒屋で飲みました」

「何か、変わったことはありましたか？」

「結婚することになったって」

「へえ！」

意外な情報が入ってきた。

「すごく嬉しそうに、大きな一粒ダイヤの婚約指輪を見せてくれました」

おかしい。そう世田は思う。天羽も同じことを考えているだろう。遺体の左手薬指に婚約指輪は無かった。遺留品にも無かった。

「ちなみに、秋山先生の婚約者のお名前とか、ご存じですか？」

「え？　漫画家の伊勢原英和じゃないんですか？」

質問に、質問が返ってきた。

「そうなんですか？　秋山先生があなたにそう言ったんですか？　漫画家の伊勢原英和先生と婚約していると」

「いいえ。そうじゃないです。婚約したというだけで、相手が誰かは教えてくれなかったんです」

「そうなんですか。では何故、あなたはその婚約者が伊勢原先生だと思ったんですか？」

「それは、その直後にたまたまネットであの記事を見て……すぐにわかりましたよ。これって玲子先生じゃんって」

「目にモザイクがかかっていたのに？」

「あんなの、関係ないですよ。玲子先生を知っている人なら、誰でも一目でわかります。高橋校長だって、他の先生たちだって」

「なるほど。ところで、夏目先生のことですが」

「え？」

話がいきなり自分の同棲相手のことに戻って、小藪ちえみは随分と面食らったようだった。

「夏目先生と、秋山先生のご関係は？」

「え?」

「元カノ元カレですか」

「違います!」

おっ、と小さな声を世田が出すほど、小藪ちえみは大声で否定した。

「そうなんですか」

「あの……玲子先生って良い人なんですけど、ちょっと男性に対してなんていうか誤解されやすいというか、勘違いさせやすいところがあって、そこはちょっと、友人として心配だなって思ってたんです」

「あー、なるほど。つまり、夏目先生もちょっと勘違いしてしまったわけですか? 秋山先生は自分のことを好きなのかな、みたいな」

「そんなことはありません!」

またしても、とても大きな声で彼女は否定した。そして、畳みかけるように続けた。

「玲子先生には、彼氏がいたんです。伊勢原英和っていう売れっ子の漫画家です。大金持ちですよ。まあ、不倫ですけど。不倫ですけど、でも、婚約したって彼女は言ってたから、彼が『妻と別れて君と一緒になる』とか約束したんじゃないんですか? 慰謝料たくさん払ったって、『ツリー・ブランチ』があれだけ売れてるんだろうから、痛くも痒《かゆ》くもないだろうし」

「なるほど。夏目先生も、週刊誌の記事を見て、サクッと誤解が解けてめでたしめでたしですね」

　天羽が笑顔で言う。その笑顔の裏に悪意があるのか無いのか、小藪ちえみははかりかねているようだった。世田にも、正直、悪意の有無はわからなかった。ただ、彼女の次の質問は予想出来たので、「ところで、小藪先生はスイカ（はお好きですか？）」という天羽の言葉を「おっと。もうこんな時間ですか。本日は、ご協力、誠にありがとうございました」というわざとらしいお礼の言葉で遮った。

「もう、帰って良いのですか？」

「はい。小学校の先生はとてもお忙しいと聞いております。また改めて何か伺いに参るかもしれませんが、本日は以上で大丈夫です」

　小藪ちえみは安堵の表情を見せると、そのままそそくさと去っていった。

「どうしてですか？」

　小藪ちえみが去ると、天羽が不服そうに訊いてきた。

「あともう一押しで、彼女、認めましたよ？　自分が『未熟なスイカ』だって」

「俺たちは週刊誌の記者じゃない。知りたいのは殺人事件の犯人であって、スキャンダルの裏側じゃない」

「でも、『未熟なスイカ』の書き込みのせいで、秋山先生が殺された可能性はありますよね？」

「それはそうだが、彼女の道義的責任は、俺らの捜査対象じゃない」

天羽は、じっと世田の顔を見ると、しみじみ呟いた。

「なるほど。こいつはけっこう久しぶりです」

「何がだ?」

「中年のおじさんの発言に、それなりの説得力を感じたのが、です」

「はあ?」

「あー、すみません。私、何でもはっきり言っちゃうタイプで。でも、今のは褒め言葉だから良いですよね?」

天羽は屈託のない笑顔を見せた。そして、「俺は、おまえさんみたいな女と会うのは初めてだよ」という世田の言葉に対しては、こうピシャリと言い返した。

「世田さん、それは男として勉強不足です」

7

その日の十七時、本所南署に捜査本部が設置された。戒名《かいみょう》は「錦糸公園女性教師殺人事件捜査本部」。

「わざわざ女性って付ける意味、何ですかあ? 二時間ドラマのタイトルでも意識してるんですかあ？」

天羽が戒名を付けた捜査一課の刑事にわざとらしく語尾を上げて皮肉っぽく追及したが、「わかりやすいからだ。それだけだ」と一蹴されて終わった。

初動捜査で動いた本所南署の捜査員は全員捜査本部に参加となり、その上に、本庁の捜査一課から十六人がやってきた。

十八時から最初の捜査会議。初動捜査で得た情報を、全員で共有するところから始める。世田が興味を持ったのは、倖田の発言だった。

「被害者・秋山玲子の自宅マンションなのですが……空っぽでした」

「空っぽ？」

事実上のこの捜査の指揮官となる捜査一課第一班班長の副島《そえじま》が聞き返す。

「はい。彼女のマンションは押上にあるのですが、空っぽです。住んでいません。賃貸ではなく分譲なので、マンションの管理会社も彼女がいつ引っ越したのかは知らないそうです」

「引っ越し業者は？」

「まだ見つけられていません。近隣の住民にも聞き込みをしましたが、そもそもご近所との交流はなかったようで、『言われてみれば、最近は見かけていませんでした』という回答ばかりでした。住民票も移しておりません」

天羽が、挙手もせずに口を挟む。

「婚約者のところに転がり込んだのかも！」

副島がジロリと天羽を見る。

「被害者には婚約者がいるのかね？　相手は？」

「小学校の同僚の先生が言っていたんですが、まだ裏は取れていません。なので、名前もまだわかりません」

「そうか。なら裏が取れたらまた発言してくれたまえ」

副島の語気はやや不機嫌そうだ。言いながら、天羽の髪の色をジロジロと見ている。

「了解でっす」

天羽は、小さな敬礼付きで答えた。おどけた仕草で、一昔前のお偉いさんなら激怒したかもしれないが、副島はスルーした。

それ以外は、特にこれといったものはなかった。鑑識も、事件解決に結びつきそうなものはまだ一つも見つけられていなかった。

「ゲソ痕の鑑定だけで二年はかかりそうだよ」

そう、ゆずさんこと指原譲は小声で愚痴っていた。


捜査会議が終了して、自分のスマホをチェックすると、着信が一件あった。かけてきたのは、随分と懐かしい男だった。

泉大輝。渋谷ハチ公爆発テロ事件の時の相棒だ。

廊下から折り返しの電話をかける。と、すぐに泉は出た。

「世田さん、お久しぶりです」

「珍しいな、泉。どうした？　何かあったのか？」

「え？　いや、世田さんが今夜空いてたら、一杯どうですかと思って」

「え？　なんで？」

「なんで？　お祝いですよ。異動のお祝い。俺、錦糸町まで行きますよ」

「いや。今朝、事件があってな。何時にあがれるかわからない」

「知ってます。でも、多分、残業は無いですよ」

「は？」

「だって、本所南警察署って、働き方改革推進のモデルケースとして指定されている署ですよ。だから、捜査中であっても捜査員は定時に帰されます」

「殺人の捜査本部だぞ？」

「そうです。今は、そういう時代なんです」

泉は、自信満々で答えた。相棒の天羽といい、「刑事の働き方改革」といい、どうも知らないうちに、世界は世田の常識からだいぶ逸脱しているようだった。

泉から指定された小料理屋は、錦糸町駅の北口からすぐ近くだった。

「定時に帰されたでしょ？」

先に着いて、店のドア前で立っていた泉に、そう得意げな顔で言われた。世田は苦笑いをしながら答えた。

「驚いたよ。これも時代ってやつか？」

「そうですよ。時代、時代」

泉はまた笑う。が、笑っているだけで店の中に入ろうとしない。

「暑いだろ。さっさと中に入ろうぜ」

そう言ってから、もしや、という思いが世田の中で湧き起こった。

店の戸を開け、世田が先に中に入る。

「いらっしゃい！」

威勢の良い声がカウンター越しに聞こえてきた。店内は、厨房に沿う形でL字型にカウンターがあった。おそらく、ラーメン屋か何かだった店を居抜きで買い取ったのだろう。

「ここ、俺の昔の行きつけなんです。何せ、初任科終了後の赴任先が本所南署でしたから」

「そうだったのか」

泉は、予約をしていたらしい。世田は、何も考えずに壁からひとつ離れた席に腰かける。と、店主が、「あんたは、こっち」と言って、小さな窓と換気扇がある席を指差した。初対面の客である世田を「あんた」と呼ぶあたりで店主の性格を把握する。

「泉ちゃんから聞いたよ。あんた、タバコを吸うんだろ？　その時は換気扇を意識して吸ってくれよな」

「店主の宮《みや》さんこと宮本さん、あ、ちなみに宮さんは嫌煙家で」

泉が、こそっと世田に耳打ちする。世田は、素直に指定された席へと座った。世の中は、喫煙者に厳しい。

「泉ちゃんは生ビールね。あんたは、どうする？」

「日本酒を冷やで」

酒は迅速に出てきた。昨晩たんまりと飲んだのにもかかわらず、世田の胃は、もとい脳は、酒を強めに欲しているようだった。

「それじゃあ、改めて、転勤おめでとうございます」

「ん」

世田と泉は、軽く乾杯した。

つまみは、店主の判断で勝手にカウンターに置かれていく。だし巻き。ししとうのジャコ炒め。自家製あん肝。揚げだし豆腐。どういう順番なのかは良くわからなかったが、どれも美味かった。

「捜査の時って、脳が疲れてて別のことは考えたくないぜって時、あるじゃないですか。そういう時、めっちゃ楽なんですよ、ここ」

そう泉は笑いながら言う。

「なんで、きっと、世田さんも気に入るかなって」

「ああ。どれも安いし旨いしな」

あっという間に、一合の酒を飲み干す。と、すぐに次の冷酒がカウンターに置かれる。

「銘柄、二杯目に良いやつに変えてあるけど、名前は別にいいだろ？」

そう、つっけんどんに店主は言い、世田は素直にそれを飲み始めた。先ほどより幾分か辛く、旨い。

「宮さん、俺は次はサワーにする」

泉が言う。

「知ってるよ。何が旨いのか俺にはよくわからんがね。サワー」

そう店主が嫌味で返す。世田は日本酒を啜《すす》りながら、気になっていたことを尋ねた。

「おまえ、まだドアを開けられないのか？」

「……ハハ。まあ、そんなところです」

「そうか」

「今の署では、潔癖症に間違えられてます。ドアノブを触れない男って」

そう言って泉は笑う。世田は笑えない。あの事件の時、手がかりを追って二人で五反田のウィークリー・マンションに行った。世田が後方で銃を手に構え、ドアは泉が開けた。

開けた瞬間、仕掛けられていた爆弾が爆発し、泉はドアごと廊下の反対側の壁に叩き付けられた。入院一ヶ月程度の怪我で済んだのは、運が良かった。

泉は現在、池袋署の署長車の運転担当をしている。車のドアは、窓ガラスから向こう側が見えるので開け閉めが平気なんです。そう以前に説明されたことを思い出した。

「そういえば、真奈美《まなみ》さんとは最近どうなんだ？」

話題を変えてみる。

「あー、いきなりですか。そうですか。それも刑事の勘ってやつですか？」

「ん？　彼女と何かあったのか？」

「具体的にどうってわけじゃないんですけど、最近、真奈美の『結婚して』圧がすごいんですよ。圧っていうか、匂わせっていうか……この前、真奈美の友達に子供が産まれて、その写真を何度も何度も何度も何度も俺に見せてくるんですよ。『子供って可愛いよね』『いいなあ』『私も綾乃みたいに幸せになりたいなあ』って。露骨過ぎません？」

吊り橋効果、と言ってしまうと身も蓋もないが、渋谷ハチ公爆破事件をきっかけに、世田の周囲で二組のカップルが生まれた。凄惨極まる事件を生き延びた者としては、その二組のカップルは人生への救いのように感じられたし、だからこそ、二組とも幸せになってほしいと世田は切に願っていた。

「おまけに、あいつ、最近会社辞めたんですよ。『なんか飽きちゃって』とか言って。今は、元の会社の取引先の息子とやらの家庭教師のバイトをしているんですけど、勝手に全部決めたくせに『いつまでもバイトっていうのもなー』とか言うんですよ。どう思います？　俺へのプレッシャー、露骨過ぎません？」

微笑ましい惚気《のろけ》話だな、と世田は思う。

「素直に結婚すればいいじゃないか？」

「あん？」

「そうなんですけど、でも世田さん見てると、ちょっとビビるんですよね」

「世田さん、結婚して、でも結構大変な思いして離婚して、なのにまた同じ女性と再婚して、でも結局また離婚したじゃないですか？」

「だからなんだ？」

「だから、なんか、怖さを感じちゃうんですよ」

「ふざけんな。俺を言い訳に使うな」

「ふざけてもいないし言い訳でもないですよ。やっぱり刑事ってやつは、家庭との両立って難しいんじゃないかなって」

この話は長くなりそうだ……そう思った世田は、スーツの内ポケットからタバコとライターを取り出した。と、すかさず、壁の換気扇が音を立て始めた。なるほど、ここの店主はよく客を見ているなと感心した。タバコを口にくわえ、ライターで火をつけようとした時、胸ポケットのスマホがけたたましく鳴った。

「電話なら外で！」

カウンター越しに大声で言われる。

「だそうです」

泉が苦笑し、世田は火のついていないタバコを口にくわえたまま、席から立ち上がり、重たい木の戸を押して店を出た。

外気に触れた瞬間から、じんわりと汗が滲《にじ》む。蒸し暑い。東京はもう熱帯都市だ。夜になってもなかなか気温は下がらない。電話は鳴り続けている。だが、世田は眺めているだけで出なかった。タバコに火をつけたかったが、ライターは店のカウンターに置いてきてしまっていた。やがて、着信音が鳴り止み、それから十秒ほどで画面に留守電の表示が出た。画面をタップしてそれを聞く。

「大事な話があるの。時間がある時に電話してください」

真璃子の声。二度結婚し、二度、離婚した女性の声。

すぐに電話をかけ直す気にはなれなかった。ＬＩＮＥを開き「今、捜査中」と簡単なメッセージを送る。即座に既読になる。返事は待たずにスマホをしまう。こんなものが無かった時代が懐かしいな、などと思う。そんな時代はもう二度と来ないとわかっているのだが。

店に戻ろうと戸を開けた瞬間、怒鳴り声が飛んできた。

「客にそんな口きいていいのか、おい！」

同じカウンターで飲んでいた中年の男だった。少し呂律《ろれつ》が回っていない。既にかなりの量を飲んでいるようだった。

「いいんだよ。こっちだって客を選ぶ権利ってもんがあるんだ」

「なんだとこの野郎！」

「うちはな、酒を味わう店なんだ。酒に飲まれるバカに出す酒は無い。さ、帰った、帰った」

「ふ、ふざけやがって！　こんな店、二度と来ないからな！」

「ああ。来なくて結構」

「二度と来ないからな！」

二度、同じセリフを吐き捨て、男は店を出て行った。

「宮さん。お客さんにあんなこと言っていいんですか？」

泉が少し笑いながら店主に言った。

「いいんだよ。あいつはあのまま放っておいたらカウンターで寝ちまった。そういうだらしない輩《やから》はお断りさ」

「またネットで悪口書かれますよ。食べログとか、そういうの」

「そんなくだらないサイトなんて屁でもないね。この前なんか、孫からこんなこと言われたよ。『おじいちゃんの店、何度も爆破されてるの知ってるの？』ってな」

「爆破？」

世田が聞き返す。未だに「爆弾」とか「爆破」とか、そういう言葉には過敏に反応してしまう世田だった。

「なんかな、そういうアプリ？　最近は、そういうくだらないアプリがスマホとかで流行《はや》ってるらしいんだよ。店の写真撮って、その写真の上に爆弾を載せると、スマホが爆破のCGとやらを自動で作ってくれるんだってさ。時限式にしたり、爆発前や後に犯行声明とかいうのも出せるらしいぞ。孫には『そんな陰険なことをやるような男にだけはなるなよ』って、俺はコンコンと説教したよ」

「……」

嫌な話を聞いた……そう世田は心の中で苦虫を噛み潰した。ほんの二年ほど前に、現実で起きたというのに。犯行声明があり、時限式の爆弾が仕掛けられ、東京のど真ん中、渋谷のハチ公前広場で数百人が一斉に死んだというのに。それをもうジョークにしようとする奴らがいる。それとも、悪質なジョーク・アプリで個人情報を抜き取ったり、ページの閲覧数を稼いで金儲けでもしているのだろうか。どちらにせよ、胸糞悪い話であることに違いは無い。

泉が自分の携帯を弄《いじ》っていたが、やがて、「うわっ。マジか」と声を出した。

「どうした？」

「や、検索してみたんですよ。今の宮さんの言ってたアプリ。あっという間に出てきました。これ、かなり流行ってるんですね」

「何だよ。俺の話、信用してないのか？」

店主が言う。

「や、そうじゃなくて、このアプリの名前が、アレなんですよ」

泉は言いながら口籠る。そのアプリの名前を自分の口から発音するのが心底嫌ならしく、画面を開いたまま携帯を世田の前に置いた。

見る。

「お……」

見た瞬間、世田からも小さく声が出た。


チープな煽り文句。

その下に、その爆破アプリの名前がゆらゆらと点滅している。

カタカナで三文字。

蘇る記憶。

渋谷ハチ公前。

東京タワー。

そしてレインボーブリッジ。

あれ以来ずっと、世田が繰り返し思い返してきた女の名前。

世界を変えろ！
クソッタレな世界に
爆弾を投げつけろ！
ＡＲ（拡張現実）爆破シミュレーション・アプリ

アイコ

脳の中の温度が、少し下がった気がした。冷静になるのとは違う。どちらかというと、脳の中に冷や汗が流れたような感覚だった。なんという悪趣味。そう思うと同時に、

（これを「悪趣味」なんて言葉だけで簡単に片付けて良いのだろうか）

とも世田は感じた。

刑事の勘。

天羽あたりには笑われるかもしれないが、これはきちんと考え、場合によってはそれなりの人員をかけて捜査しなければいけない事象ではないだろうか？　だが世田は、この思考をその場で

きちんと掘り下げることは出来なかった。彼のスマホに、未登録の電話番号から着信があったからである。

「もしもし」

店主の表情を気にしながら出る。出ながら、自分自身ももう一度店の外に出る。電話をかけてきたのは、錦糸町駅前の交番に勤務する松江《まつえ》響《ひびき》という巡査だった。

「夜分に失礼致します。緊急を要する事態かと思い、刑事課より世田さんの携帯番号を教えていただきました」

ログインをリクエストする。

携帯に認証コードが届く。そこに表示されたランダムな数字を見て、男はようやく平常心を取り戻す。良かった。これで彼女と話せる。彼女と話をせずに一日を終えるなんて、想像も出来ない。

懺悔《さんげ》の部屋に入る。

いつものように、彼女は既にそこにいた。

「見ていたわ」

静かな、落ち着いた声。

「先にこれだけは言わせてね。あなたは悪くない。あなたは何も間違えていない」

女性としてはおそらく低めの声。でも、ふくよかな倍音を感じる美しい声だ。

この声を選んで大正解だったと男は思う。

男は Bluetooth で繋いだ外付けのキーボードを叩く。

「どのニュースか、まだ僕は伝えていないよ」

まだ気持ちが昂っているのだろう。打鍵音が大きかった。同居人たちに不審がられないよう、限りなく無音でタイプする習慣を付けていたはずなのに。

「私は、すべてのニュースを見ているの。世界中のすべての」

彼女は平静だ。

「そして、私はあなたという人を知っている」

「……」

「私はあなたを信じているし、あなたも私の言葉を信じてくれる。私たちは、この世界を同じ眼差しで見つめている」

「……」

「だから、私にはわかるの。あなたは何も悪くない。あなたは何ひとつ間違えてなんかいない」

「……」

抑えていた感情が解放され、男の目に涙が浮かぶ。画面の右上のファボ・マークを押す。これを押すと、彼女の言葉をセーブし、聞きたい時に聞き返せる。

と、その下にある「ルーム」ボタンが点滅を始めた。コア・メンバーだけが入れる会議室で、これからオンライン・ミーティングが始まるらしい。男は一度大きく息を吸い、そして今度は、限りなく無音に近い音でタイプした。

「じゃあ、会議に出てくるよ。今日もありがとう。アイコ」

第二章

1

秋山玲子がほろ酔いで錦糸町駅の北口改札を出た時、時刻は既に深夜零時を超えていた。普段は大勢の酔っ払いで賑わうロータリーもその日は平和だった。夜空には美しい半月。心なしか、いつもより輝いて見える。

楽しい夜だった。

本当に久しぶりに渋谷で食事をした。あの爆弾テロ以来ずっと渋谷を敬遠していたけれど、いざ行ってみたらなんということもなかった。それもそうだ。あれはもうとっくに過ぎ去った昔の事件であり、私たちはこれからも前に進んでいかなければならないのだ。

前に進むと言えば……結婚だ。玲子は婚約したのだ。彼と結婚すると決めたのだ。決断直後から、何とも言えない鬱々《うつうつ》とした気持ちに何度か襲われたが、あれがつまり、「マリッジ・ブルー」というやつなのだろう。結婚を控えた人だけに訪れる、いわば、幸せの証《あか》し。それも、今日、酔いに任せてあれこれ友人相手に喋り倒したことで解消された。ブルーな霧は去り、心の中にも今は美しい半月が浮かんでいるような気がする。

ロータリーに面したコンビニに寄って、ちょっと流行りの過ぎたタピオカ・ミルクティーを買う。太いストローでそれを飲みながら、交差点を渡る。すぐに錦糸公園。気温といい、美しい半月といい、酔い覚ましに歩いて帰るには絶好の夜だった。人影の無い公園の道を歩く。歩きながら、結婚と今の仕事について考える。彼は、教師の仕事は辞めても良いよと言っている。辞めても良い。でも辞めなくても良い。彼は、いつでも玲子の気持ち優先で、と言ってくれる。婚約当初は、結婚しても教師を続けようと考えていた。今も、気持ち的にはそうだ。だが、あの週刊誌の事件があり、Twitter での事件があった。これ以上周囲に迷惑がかかるようなら、やはり退職した方が良いのかもしれない。いや、きちんと結婚したら、あの騒ぎも終息するのだろうか。腹立たしい。きちんとした事実関係も知らず、一方的な情報をもとに安っぽい正義を振りかざす人たち。あれは、多分、彼らのレクリエーションなのだろう。正義を装い、人を傷つける趣味。何という悪趣味。それから彼女は、教え子たちのことを思い出す。受け持ちのクラスの子供たち。良い子もいれば、早くも少し自意識を拗らせている子もいる。ちょっと特殊な環境の子供もいる。ルールをきちんと守れない子もいる。モンスターペアレント的な親だって数人いる。校長も、ちょっと面倒臭い人ではある。でも、トータルでは悪くない職場だと思う。やりがいのある仕事だし、子供たちはやはり可愛い。

水の上がっていない噴水脇を通って、遊具の並ぶエリアへ。高さが抑えられた子供向けの遊具たち。それと、ジャングル・ジムやブランコ。砂場。その先には、もう少し大きくなった子供向けの遊具。やがて玲子は、ロケットをモチーフにした大型遊具の前まで来た。のっぽのロケット。それを中心に複数の滑り台が四方へと伸びている。あと、小さなトンネルも。昼間はこの遊具は大人気で、何組もの親子が順番待ちをしているほどだ。

近い将来、彼との子供が生まれたら、私もここで順番待ちをするだろうか。

そんなことを考える。するだろうか。するだろう。彼も一緒にこの公園で休日を過ごしてくれるだろうか。くれるだろう。玲子よりも子供を可愛がり、玲子より張り切ってこのロケットに子供と一緒に登ってくれるだろう。そんなことを想像するだけで、玲子はとても幸せな気持ちになった。

ほろ酔いのまま、スキップを踏んでみる。ふわふわとして重心が定まらず、飲み終えたタピオカ・ミルクティーのカップが手から滑り落ち、近くにあったベンチの下に転がっていった。

「あー、もう」

しゃがみこみ、ベンチ下からきちんとそれを拾う。彼女が、背後に人の気配を感じたのは、その直後だった。

2

渋谷ハチ公テロ事件当時、世田の妻の父である鈴木学は、警視庁の公安部長だった。事件後、数百人の命が失われた責任は誰にあるのか、という議論が巻き起こった。感情論と感情論がぶつかり合い、建設的な要素の少ない罵詈雑言《ばりぞうごん》と誹謗中傷が飛び交う中、政府や政権与党に傷を付けないためには警察から引責辞任者を出してガス抜きするのが良いのでは、という話し合いが内々に行われ、警視総監以下、高官五名の依願退職が発表された。鈴木学は、その五名の一番下の役職だった。彼がその五名に加わったのは、彼自身が強く希望したためであった。一言で言うならば、疲れてしまったのだ。もう警察はやめて余生は妻孝行をして過ごそう。そんなことを鈴木学は考えた。

退職してすぐに、豪華客船で国内を一周するクルーズ旅行の申し込みをした。

「うんと贅沢しちゃいましょう」

そう言って妻は微笑んだが、出発の二週間前に、くも膜下出血で急死してしまった。人の命のなんと儚《はかな》いことか。いっそ、自分も首でも吊って死んでしまおうか。そんなことを何度も考えた。

引きこもりと化した鈴木を太陽の下に連れ出したのは、同期同教場であり、鈴木と同じ春日部市内に自宅を建てていた小柴勇だった。

「おい。春日部ではな、年寄りは天気の日は必ず古利根川沿いを歩けという決まりがあるんだ。家のドアを蹴破られたくなければさっさと出てこい」

以来、週に二回は、鈴木は小柴と古利根川沿いの土手を散歩するようになった。


その日も、良い天気だった。

「で、明日はどっちが車を出してくれるんだい？　真璃子ちゃんか？　それとも未華子ちゃんかい？」

小柴は、太陽を見上げ、額の汗をハンカチでポンポンと叩きながら言った。ちなみに、真璃子は鈴木の長女。未華子は次女である。

「ああ。うん。どちらでもない」

「どちらでもない？　どういうことだ？」

「まだ、話してないからな」

「え？　入院すること、話していないのか？」

実は半月前、小柴から「一泊二日で温泉に行こう」と強引に連れて行かれた。そして、宿に到着して初めて、その旅が人間ドックと温泉旅館宿泊とがセットになったパック旅行だったことを知った。案の定、いくつかの項目で「要再検査」となり、明日から数日、検査入院となった。妻が死んでからガクッと体力が落ちたことは自覚していたので、特に動揺はしなかった。

「たかが検査入院だからな。わざわざ心配をかけることも無いだろう。電車で行くさ」

「いやいや。それなりに荷物はあるだろう？　仕方無いな。俺が、車を出してやる」

「大丈夫だ。電車で行く」

「遠慮するな。自慢じゃないが、俺は春日部で一番暇な男だ」

そんな押し問答をしばしして、結局、鈴木が折れた。現役時代は、鈴木は同期の出世頭で、小柴は警部止まりだったが、退任後は完全に立場が逆転していた。

「ところで、娘さんたちは元気なのか？」

「ん？」

「真璃子ちゃんと、未華子ちゃん」

「んー」

小柴は、夫婦円満だったが子供には恵まれなかった。そのせいか、小柴も、小柴の妻も、昔から鈴木の二人の娘を自分たちの子供のように可愛がってくれた。小柴は、長女の最初の結婚の時は式で鈴木より先に泣いたし、「この子を不幸にしたら俺はおまえをぶん殴る」と、夫となる世田を恫喝《どうかつ》した。次女の結婚の時は「どんな男か俺が見定める」と言って、相手の男を呼び出しサシ飲みをした。小柴の妻は鈴木の妻と親友のような関係になり、しょっちゅう一緒にカフェ巡りをしつつ、二人の娘についての相談に乗ってくれていたらしい。

「元気……とは、言えないかな」

鈴木の言葉を聞いて、小柴の表情が曇った。

「二人ともか？」

「まあ、二人ともかな」

歯切れ悪く鈴木は言う。

長女は、二度目の離婚のダメージをまだ引きずっている。次女夫婦は大手ＩＴ企業で一緒に働いていていて経済的には裕福だが、一人息子の教育に大きな問題を抱えている。鈴木にとっては初の、そして唯一の孫。名前は未来。みらい、と読む。男の子でも女の子でも名前は「未来」と、母になる未華子は決めていたらしい。だが、未来が常に薔薇色ではないように、生まれてきた孫は、無邪気で明るい孫ではなかった。まだ小学生なのに、鈴木は孫からいつも、ふんわりとした拒絶を感じる。露骨ではないが、しかし、確実に存在する壁。距離。それ以上踏み込むなよ、という拒否の感情。

（天国にいる女房も、気が気じゃないだろうな……）

キラキラと輝く古利根川の川面を眺めながら、鈴木は深いため息をついた。

3

「夜分に失礼致します。緊急を要する事態かと思い、刑事課より世田さんの携帯番号を教えていただきました」

松江巡査の声は若々しく、着任してきたばかりのベテラン刑事に対してやや緊張しているようでもあった。

「なるほど。何か事件に動きがありましたか?」

世田はあえて敬語で話しつつ、しかし、事件に関することなら捜査本部や刑事課から連絡が来るはずで、交番の巡査から直電というのは解《げ》せないなと思っていた。

「いえ。錦糸公園の事件のことではありません。遠谷《とおや》未来くんという少年をご存じですか?」

「え?」

「今、自分が一緒にいるのですが」

「ええ?」

遠谷というのは、元妻である真璃子の妹、未華子の苗字だ。そして、未来というのはその未華子の一人息子の名前だ。

松江巡査によると、遠谷未来は春日部市でタクシーを止め、一人で乗車したという。行き先として、世田のマンションの住所を運転手に見せ、「お金はあるから」と現金十万円も見せたという。不審に思った運転手が、マンション到着後に警察に通報。近くをパトロール中だった松江巡査が、マンション前で座り込んでいた未来を発見し、保護したのだという。

(真璃子からの着信も、この件だったのだろうか)

とにもかくにも、既に未来は錦糸町に来てしまっている。自分がすぐに迎えに行かなければならないだろう。世田は泉に詫び、また後日改めて飲もうと約束をして、転居したばかりの自分のマンションへと戻った。

遠谷未来は、無表情のまま、松江と一緒にマンション前に立っていた。彼と会うのは、実は、まだ彼が零歳か一歳の時以来だった。当然、彼には世田の記憶は無いだろうし、世田自身、その時のことをきちんとは覚えていない。正月、親戚付き合いの一環で上司の上司であった鈴木学の家に行き、「可愛いですね。男の子ですか？　女の子ですか？」的な、毒にも薬にもならない会話をしたような気がしているだけだ。

松江に礼を言い、まだ段ボール箱が積み上げられたままの部屋に未来少年を連れて入る。寝具の予備はあっただろうか。あったはずだ。真璃子が突然泊まりに来る可能性が無いわけではない。だが、どの箱の中にあるのかはわからない。きちんと箱の外にマジックで書いておくべきだったなと反省する。

　未来は、無言のまま壁際に座った。

「夕飯は食べたのか？」

　世田の問いに無言でうなづく。

「喉は渇いてないか？」

　また、無言でうなづく。

「ごめんな。おじさん、状況が良くわかってないんだが、パパとママからはなんて言われてるのかな？」

　今度は、うなづくだけでは対応出来ない質問だった。

「父と母は仕事で海外に行くことになりました」

　なんとも大人びた口調で未来は話し始めた。

「その間、僕のことは真璃子おばさんが預かってくれることになっていました。でも、急に体調が悪くなったか、都合が悪くなったかしたみたいで、今日になって急に、世田のおじさんのところに行くよう、真璃子おばさんから連絡がありました」

「そうなんだ」

「はい」

「いつまでとか、そういう説明はされたかい？」

「いいえ。何も」

「そうなんだ」

「はい」

「……」

話しながら、スマホを操作し、真璃子に折り返し電話をかける。が、出ない。二度鳴らし、二度とも真璃子は出ない。こんなことになるなら、あの時電話に出ておけば良かった。そう後悔してから、なんだかこのすれ違いが、自分と真璃子の関係を象徴しているような気がしてきた。

「こんな所だが、とりあえず、楽にしてくれ」

そう言いつつ、テレビもまだ無いような部屋で子供は何をすれば良いのかと思う。しかし未来は「はい。わかりました」と言うと、背負っていたリュックから、タブレットを取り出した。それを膝の上に置いて、すぐに操作を始める。今どきの子供はタブレットで何を見るのだろうと思って覗いてみると、未来の膝がすっぽり隠れる大きさの画面一面に、漫画のページが映っていた。

「それ、何の漫画なんだ？」

世田は訊いた。

「『ツリー・ブランチ』」

そう未来は答える。聞いたことがあるタイトルだった。『ツリー・ブランチ』。すぐに思い出した。今日の昼間、天羽から解説されたあれだ。世界的な人気コンテンツ。作者は伊勢原英和。最近、不倫疑惑を週刊誌に書き立てられた。その不倫相手と疑われたのが、昨夜錦糸公園で殺された秋山玲子だ。

「面白いか？」

世田が尋ねる。

「世間的にはそうらしいよ。僕にはわからないけど。まだ53巻目だし」

「え……そうなのか？」

「うん。どこが面白いのかわからない」

「わからないのにずっと読んでるのかい？」

「うん。わからないからずっと読んでる」

「……53巻も？」

「もっとだよ。これって今、99巻まで出てるんだ。そこまで読んで、やっぱり面白さがわからなくて、もう一度最初から読み直してるんだ」

「……」

話が途切れた。この空気感とどう向き合うべきなのだろう。気がつくと、ポケットからタバコを出していた。が、口にくわえてから、小学生と同じ部屋でタバコはまずいのではないかと思い直した。共通の話題はほぼ無い。なので、再び、未来が読んでいる漫画の話をした。

「それって、どんな話なんだい？」

「これ？」

「ああ。流行ってるっていうのは、仕事の相棒から今日聞いたんだが、中身は全然知らないんだ」

「ふうん。主人公は監原ベルト」

「かんば？」

「監原ベルト。一応、天才少年ってことになってる。ベルトは政府を支える裏の大物と取引をして様々な事件を解決するんだけど、それって結局、体制側の犬ってことでしかないんだよね」

「え？」

小学生の男の子の口から「体制側の犬」なんて単語が出てきたことに、世田は大いに面食らった。

「ベルト自身にはね、個人的な目標があったりもするし、死んでしまった親友との友情もあるし、恋愛もあるし、黒幕的な偉いやつとやり合って大金をぶん取ったりすることもあるんだけど、でもそんなのは所詮小さな話でしょ？　結局は、今の世界を維持したい連中に便利に使われてる犬でしかないんだよ。だから全然感情移入出来なくて、読むのが辛いんだ。でもまあ、世の中的に僕が少数派なのは自覚してるからあまり気にしないで」

「……」

どう返答したものか見当が付かなかった。と、世田のスマホにＬＩＮＥのメッセージが入った。

真璃子だった。電話には出られないが、ＬＩＮＥは出来るらしい。トーク画面を表示する。

「ごめんなさい。私、今、ちょっと無理になってしまって。でも、お父さんが検査入院になり実家も無理になってしまって。未華子が戻るまでどうかお願いします」

……おい。ツッコみたい点が無数にある文章だった。理詰めであれこれ責められるのが嫌なので電話には出ないのだと推測された。真璃子も真璃子だし、そんな真璃子に子供を託す未華子も未華子だと思う。

世田は思い出す。

かつて、未華子が自称フェミニストの自称インフルエンサーのセミナーやらオンライン・サロンやらに参加するようになり、「あなたは女というだけで搾取《さくしゅ》をされている」とか吹き込まれ、家事も育児も神経質なまでに夫と平等でなければならないと言い始め、いや、それ自体は間違ってはいないと思うが、結果として非常にギスギスとした家庭になり、その皺寄せがすべて未来に行ったこと。そして、未華子の家の揉め事に真璃子が巻き込まれ、それが原因で、世田と真璃子も随分と言い合いになったこと。どれもこれもロクでもない思い出だ。

ダメもとで、もう一度だけ真璃子に電話をかけた。すると、予想に反して声が聞こえた。

「もしもし？」

「真璃子。おまえ、このＬＩＮＥだけじゃ意味がわからないぞ」

「あの、天羽ですけど？」

「え？」

何をどう間違えたのか、世田は今朝の天羽の着信にコールバックしていた。

「悪い。間違い電話だ。切るぞ」

天羽にあれこれ詮索される前に、一方的に通話を切った。スマホをポケットに入れ、キッチンに向かう。泉と行ったあの店では、腹に溜まるものを何も食べられなかった。タバコを諦める代わりに、一杯くらいは何かをつまみに飲みたいと思う。と、スマホが振動した。真璃子とは思えない。画面を見る。やはり、相手は天羽だった。

「もしもし」

「自分からかけてきたクセに、一方的にブチ切りってひどくないっすか？」

「悪いな。ちょっとバタバタしててな」

「真璃子って、元奥さんでしょ？　何かトラブルですか？」

「それはおまえには関係無い」

「いやいや。相棒の私生活は私の問題でもありますよね？」


その時、天羽史はとあるネイルサロンにいた。錦糸町とスカイツリーをまっすぐに結ぶ道、タワービュー通り沿いから一本入った場所にある一軒家の一階。自宅を店舗として改装したであろう六畳ほどしかないネイルサロンだ。

ちなみに、サイバー班にいた頃は、ほぼ毎日、終電だった。一日中デスクに張り付き、家に帰って真夜中に夕飯を食べて、すぐに寝る。休日は、家でゴロゴロしながらお菓子を食べて、酒を飲んで、テレビを流しつつYouTubeを同時に観る。そんな生活をしていたせいでとにかく太った。身長が百六十三センチなのに、体重もマックスで六十三キロまで増えた。

「おまえ、最近、デブじゃね？」

そう、深い付き合いの男に言われた時、天羽は異動を決意した。今は無事に刑事課に異動になり、デスクワークは減り、食事制限も並行して行った結果、半年で七キロのダイエットに成功した。その上、働き方改革のおかげで毎日定時に帰れるから、アフターファイブも充実している。ヘアサロンやまつ毛サロンに行く暇も十分あるし、欲求不満にならない程度に男と会う時間も確保出来ている。

今日は、捜査会議後に前からチェックしていた駅近の焼肉屋で一人焼肉をした。署を出てすぐに男に「今すぐ錦糸町来い。焼肉食うぞ」とＬＩＮＥをしたが、仕事が忙しいと断られた。別に良い。そのくらいの距離感が楽で良いと天羽は思っている。一人焼肉の会計は八千円とちょっとだった。一人だと高い肉を遠慮なく頼めるのが利点の一つだと思う。会計時、レジ横に置かれていた「ネイルサロンのオープン特別クーポン」のチラシをゲットした。初回オフ代込み、ケア付き、ワンカラーミラーネイル、税込二千円。二十三時迄営業。安い。そして、一人なので思い立った瞬間に行ける。ネイルは自宅で自分で、というのが多かったけれど、たまにはネイルサロンも良いだろうと考えた。焼肉屋を出てすぐにホットペッパー経由で予約を入れる。今日は刑事になって初めての殺人事件の捜査だったし、このくらいの「自分への労《いたわ》り」は必要経費みたいなものだと思う。そう思って意気揚々とネイルサロンに向かい、店に入ってすぐに、世田からの電話の着信があったのだった。


「相棒の私生活は私の問題でもありますよね？」

「まったくもってそんなことは無い」

世田は即座に言い切った。

「でも、トラブルなんですよね？」

「何もトラブルは無い」

「そういう見えすいた嘘をつくと信頼関係が築けませんよ？」

「何も嘘はついていない」

「あー、そうですか。じゃあ、トラブルっていう単語を置き換えますね。何か、事件が起きたんですよね？　世田さんの私生活に。何かしら、非日常的な」

「……別に、事件は起きてない」

「何かしら、非日常的な出来事があったわけですね？」

「……」

天羽がとことん食らいつくつもりだと悟ったらしく、世田はしばらく黙った。そして短く、

「大したことじゃない。十歳の甥《おい》っ子《こ》をしばらく預かることになっただけだ」

と、明らかに音量を抑えた声で言った。

「え？　あの家で預かるんですか？　まだ段ボール箱しかないあの家で？」

「そうだ」

「しばらくってどのくらいですか？」

「わからん」

「布団は？」

「探す」

「冷蔵庫に食べ物は？」

「買ってくる」

「甥っ子ちゃんが夏休みの宿題をする机は？」

「段ボール箱で代用する」

「はあ？」

「わかった。もう少しマシな何かを見つける」

「食器は？　箸とかスプーンとかフォークとかコップとかは？」

「それも買ってくる」

「ＯＫ。明日、有休とってください」

「え？」

「世田さんが有休を取れば、古谷代理も大喜びですよ。年配が率先して有休を取得するのはいいことだってね」

「バカ言え。殺人事件の捜査本部が立ち上がったばかりなんだぞ？」

その言葉を聞き、天羽は立ち上がって怒鳴った。

「バカは世田さんです！」

「なんだと？」

「捜査員の替えはいますけど、その甥っ子ちゃんの面倒を見る人は世田さんだけなんですよ？　夏休みは始まったばかりで、これから一ヶ月以上、小学校は頼れないんですよ？　捜査と家族と、どっちが大切かもわからないんですか！」

「……」

「有休の申請は私がしておいてあげます。世田さんは、大人としての責任をきちんと果たしてくださいね」

「……」

天羽の言葉に、世田はキッチンでひとり黙り込んだ。そして、さっき仕舞ったタバコをもう一度取り出し、換気扇のスイッチをオンにして、その下で火をつけた。

4

翌日、我ながら素直なことだと思いつつ、世田は有給休暇を取った。あっけないほど簡単に、その申請は通った。警察も、随分と変わったものだと思う。そして、自分も。

朝から段ボール箱の全開梱を未来と一緒にやり、昼前からは未来の滞在に必要な資材を一緒に買い回った。ニトリ、ダイソー、ヨドバシカメラ、本屋、スーパー。まだ真璃子とも未華子とも直接話せていなかったが、時折返ってくるＬＩＮＥの文面から推測するに、この夏休みの間じゅう、彼女らは未来を世田に預かってもらうつもりのようだった。母親として、伯母として、実に有り得ない態度だと思いつつ、しかし、現実には有り得ないはずのことが起きる。それを世田は二年前の渋谷ハチ公前広場で学んだ。それに、既に未来は自分と一緒にいるのだ。彼を前に彼のことで言い争いなど、出来るものではない。こうなったら腹を括って、とにかくこの突然の同居生活を前向きに過ごそう。世田は、半日で、そこまで自分の気持ちを整理した。

買い物だけで疲労困憊したので、夕食はマンション近くにあるファミレスで取ることにした。エントランスに、一枚のポスターが貼ってあった。

南高輪小学校に通う相沢愛音を真ん中に挟んで、世情に疎い世田でも顔と名前が一致する有名人夫婦が笑顔で立っている。俳優の相沢貴俊。歌手の相沢比呂子。そして、大きな文字で書かれたキャッチ・コピー。

「あると思います。新しい家族の形」

それは、特別養子縁組の啓発のために制作されたポスターだった。おそらく、ポスターだけではなく、テレビ・コマーシャルもやっているのだろう。つまり、相沢愛音は、この夫婦と血の繋がりはないということか。一昔前ならわざわざ大っぴらにはしない情報である。それを、芸能人である両親はともかく、幼い子供の顔まで出す。なるほど。警察の「働き方改革」といい、時代はどんどん変化しているようだ。

店内に入る。夏休みらしく、座席は満席に近く、その八割は親子連れだった。たまたま、広いテーブルが空いたばかりだったらしく、そこに案内される。世田は唐揚げとほうれんそうのソテーをつまみに生ビールを、未来はソーセージとハンバーグと若鶏のグリルが一枚の鉄板に載ったミックスグリルを頼んだ。

「美味いか?」

何か話さなければと思って世田が訊く。

「そうでもない」

顔も上げずに未来は答える。だが、味がイマイチでも空腹ではあるらしく、黙々とすべてを食べていく。

一杯めの生ビールを一気に飲み、お代わりを注文した。そして、スマホを取り出し、天羽が送ってきてくれた捜査状況のまとめを読み返す。

世田が天羽と一緒に行った南高輪小学校。捜査本部は高橋校長から全校生徒の名簿を提供してもらい、現在捜査員たちは児童たちの自宅に聞き込みに回っているという。それと、事件当日の秋山玲子の行動。仕事を終えてまずは新大久保に。その後渋谷に移動し同年代の女性と合流。ネットで人気のシュラスコの店で食事。予約無しの客であり支払いも現金だったので、同行女性の身元は未だに割れていない。事件が大きく報道されているにもかかわらず、同行女性がまだ名乗り出てこないことに世田は引っかかるものを感じた。が、その世田の思考を予想したらしく、天羽はそれに対する自分の考えも書き込んでいた。

「今どき、テレビを観ない人なんてたくさんいますからね。特に変ってことは無いかなーと私は思います。念のため」

なるほど。まあ、もう数日もすればこの同行者は見つかるだろう。

それと、秋山玲子が複数使用していたという携帯電話についても、情報がどんどんと集まってきていた。

まず、所在が明確になった二本目の携帯電話について。

これは、井尻智久という男性から貸与されたものだった。彼は、秋山玲子の元夫で――秋山玲子には離婚歴があった――三年前に彼の浮気が原因で離婚。毎月、秋山玲子に慰謝料を払うに当たり、その振り込みの確認用として元々井尻の家族回線として契約していた携帯をそのまま貸与していたという。ちなみに一ヶ月ほど前に、秋山玲子から井尻に「慰謝料の振り込みはもうしなくて大丈夫です」と連絡があったという。理由は、彼女の再婚。井尻は、先週末に最後の慰謝料の振り込みをし、同日、宅配で返送されてきた携帯をドコモショップで解約していた。ちなみに——天羽の文章には「ちなみに」という文言が多めだ——井尻は離婚後、原因となった不倫相手とそのまま再婚していて現在はその妻との間に子供もいる。慰謝料から解放された井尻には殺害動機があるとも思えず、曖昧ながらアリバイも有り、井尻は容疑者リストから早々に外された。

そして、小藪ちえみが証言していた「三本目」。

が、こちらはまだ情報が無い。

そして最後に、例の週刊誌とネット炎上の件。捜査本部はまだ、伊勢原英和から事情を聞けていない。なので、秋山玲子の婚約者が伊勢原なのかどうかもまだ判明していない。被害者は、両親や仕事以外のプライベートの友達にプロポーズされたことを報告していたが、相手が誰かということは、今のところ誰にも話していない。世田が有休を取得した一日では、残念ながら捜査に大きな進捗は無かったようだ。

気づくと、未来は既に完食していた。

「デザートもどうだ？」

そう声をかける。

「なんで？」

「え？　なんで？」

未来の返事が想定外で、思わずオウム返しで同じことを言ってしまった。すると、未来は「あー」と小さく呟き、「もしかして、これがあったから？」と言って、テーブルの端に置かれていたデザート・キャンペーンのポップを指差した。『ツリー・ブランチ』。期間限定タイアップ。今なら、対象のデザートを頼むだけで、監原ベルトの決めゼリフ入りキーホルダーをプレゼント。今更に、抽選で、東京ドームで開催される『ツリー・ブランチ』のイベント・チケットが当たる！

そんなことが、極彩色の絵とともに書かれていた。

「や、そうじゃない。そいつは読んでいなかった」

「ふうん」

「ただ、あれだろ？　これ、昨日の夜、未来が読んでた漫画だろ？」

さりげなく、下の名前を呼び捨てで呼んでみた。

「そうだよ」

未来は、呼び捨てには反応しなかった。

「ちょっとは興味無いのか？　キーホルダーとか。イベントとか」

「んー」

未来は少し首を傾げた。そして答えた。

「もし、そのイベントに行ったら、僕、アトピーが爆発しちゃうかもね」

「え？」

「あんなつまらない漫画に大金使って、子供騙しの限定グッズとか山ほど買って、漫画やアニメの中の服と同じ格好することに夢中になって。僕、本当にそういう人って理解不能だし、あんまり理解不能なものが近くにいると、僕の場合、脳より先に皮膚にバーンって出ちゃうんだ。アトピーがさ」

「そ、そうなのか」

「ま、一番理解不能な人間はウチの親だけどね」

子供のくせに「子供騙し」なんて言葉も知っているのかと世田は妙な感心をしてしまった。そしてやはり、自分の世話を突然放棄した両親に、未来が強い不満を持っているのがわかり、やりきれない気持ちにもなった。

「でも、見た感じ、肌、すごく綺麗だぞ？」

そう世田が言うと、未来は憮然とした表情のまま返した。

「毎日、べったり塗ってるから。ステロイド」

そして更に続ける。

「イベントは興味ないけどデザートは頼むね。おじさんは？」

「俺はまだいい」

「わかった」

未来は手慣れた様子でタッチパネルを操作する。共働きの両親との生活では、かなりの頻度で、ひとりファミレスの夕食があったのだろうと世田は思った。

急に未来がクツクツクツクツと笑った。

「？　どうした？」

「そういえば、おじさんさ、『ツリー・ブランチ』の主役の監原ベルトの決めゼリフ、知ってる？」

「いや、知らない」

「めっちゃ笑えるよ。皮肉が利《き》いてて」

「そうなのか？　なんて言うんだい？　そのなんとかベルトは」

だが、なぜか未来はそれには答えず、つまらなさそうに窓の外を見始めた。仕方がないので、世田は天羽にＬＩＮＥをした。

「『ツリー・ブランチ』の主役の決めゼリフ、教えてくれ」

返事は一分もしないうちに来た。

おめでとう。君が、世界を変えるんだ

5

翌日。早朝の五時。世田は、本所南署の四階にある刑事課に入った。

「世田さん？」

聞こえてきた天羽の声にたじろいだ。まさか、こんな早朝から天羽が出勤しているとは思わなかった。

「ちょっと世田さん。朝、早過ぎじゃないっすか？」

天羽は、コンビニのおにぎりを片手に目を瞬《また》かせている。

「天羽もな。徹夜で捜査か？」

「んなわけないでしょ。徹夜で捜査したら、古谷代理に殺されますよ」

「そうなのか」

「昨日は、両国の温浴施設に泊まったんです。岩盤浴とか温泉とかあるとこ。で、隣りのリクライニングで寝ていたお姉さんのいびきで早朝に起こされて、こりゃたまらんと避難して、で、今ここって感じです。暇つぶしに、ゲソ痕の写真、見てました」

天羽のデスクにあるノートパソコンには、大量のゲソ痕が表示されていた。

「何か新しい情報があったのか？」

聞きながら、世田は天羽の隣りの席に座った。

「ないです」

即答。まあ、そうだろう。採取した指紋やゲソ痕は、数百から千近いはずだ。血痕などが付着していない限り、指紋やゲソ痕からの犯人特定は難しい。ゲソ痕はあくまで、容疑者が浮上した際の照合資料としての位置付けだ。

「世田さん。これ、なんだと思います？」

天羽がパソコン画面をスッと世田側に向けた。とある靴跡の写真を拡大表示に変更する。つま先から半分ほどすり減った靴裏。サイズは二十一センチ。

「子供のゲソ痕」

世田は、見たままを答えた。

「そんなのサイズを見ればわかります。聞いているのは模様です。半分以上すり減っていて、なんの模様かがわかんないです。動物か、植物か……はたまたブランドのロゴか。どう思います？」

もう一度画面を見る。いくつかの星と、半月型の何か……がふたつ。その下には……下には何かあるのだろうが、そこはすり減り過ぎている。

「わからん」

結局、そうとしか言えなかった。

「もっとよく見てくださいよ」

「きちんと見た。わからんものは、わからん」

喫煙所で、一服してくるか。そう思い立った時、またしても天羽が無遠慮に聞いてきた。

「ところで、甥っ子くんとはどんな感じですか？」

この女には、公私の区別とか、プライバシーへの配慮というものが全く無いらしい。

「安心しろ。必要なものは一通り買った」

「いやいや、買い物だけの問題じゃないですよ。昼間、ずっと一人で留守番ですか？」

「鍵は渡してある。それに、ひとりが好きだって言ってた」

「はあ？　それ、真《ま》に受けるとか有り得ないですよ？　ひとりが好きな子供がいるわけないでしょう？」

「そんなことを言ったって、俺にも仕事がある」

「今朝は、甥っ子くんとは喋りました？」

「いや。寝ている間に出てきた」

「メモとか残した？　行ってきます、とか」

「いや」

「じゃあ、今すぐＬＩＮＥ！　ＬＩＮＥしましょう！　起きたらいきなり一人ぼっちとか、マジでメンタルキツいですから。はい、ＬＩＮＥして！」

いつの間にか天羽は命令口調だ。なぜ、そこまで他人の家族についてムキになるのか。世田は、渋々スマホを手に取ったが、どんなメッセージを入れていいのかがわからなかった。

「何て書けばいい？」

「そこ？　起きたか、とか。朝ごはん食べろよ、とか。あ、ちょっと待って！」

「？」

天羽はいきなり猛烈な早さでパソコンにショートカットを入力し、先ほどの子供の靴跡の写真を世田のスマホに送ってきた。

「『これ、何に見える？』って聞いてみてください」

「はあ？　これ、捜査資料だろうが！」

「子供のことは子供に聞くのが早いでしょう？　これ、子供のゲソ痕だって、さっき世田さんも言ったじゃないですか！」

そんな押し問答の最中に、刑事課に三人目の出勤者が現れた。

「おや？　お二人さん、お早いですね」

にこやかな笑顔で入ってきたのは、古谷課長代理だった。

「ゲホッ」

なぜかいきなり、天羽は咽せた。世田は立ち上がり、三つ年下の上司に頭を下げた。

「昨日は、申し訳ございませんでした」

「世田さんは、謝ることをされたのですか？」

「はい？」

「もし、有休を取得されたことを謝っているのであれば、それは間違いですね」

古谷は自席まで行き、黒いカバンを机に置いた。そして、ポケットからアイロンがかけられたハンカチを取り出し、首の汗を丁寧に拭った。

「年配の方々が率先して有休を取得するのは、とても良いことですからね」

古谷は、天羽が予想した通りの答えを言った。

「ところで、古谷代理。出勤、早くないっすか？　もしかして、残業しない代わりに早く出勤して仕事をたくさんしちゃうぞっていう作戦ですか？」

「まさか、まさか」

古谷は笑いながら、白髪混じりの髪を右手でかきあげた。

「私が早く出勤したのは、仕事をするためではありません。実は、近くに朝ラーメンの店がオープンしたんです。せっかくなので、それを食べに行こうかと思いまして」

「朝ラー！」

「おおっ。天羽さん、朝ラーをご存じでしたか」

「もちろん、知っていますよ。最近、流行っていますしね」

「そうなんですよ。そして、食生活の充実は、イコール人生の充実でもありますからね」

世田は、天羽と古谷の会話にはついていけなかった。朝からラーメンを食べる？　想像をしただけで胃が重くなる。

「ところで、お二人はこんなに早く、どうされたんですか？　まさか、捜査資料の精査、とかですか？」

「いえいえいえいえ。私は、アレです。昨日は、両国の温浴施設に泊まったんです。岩盤浴とか温泉とかあるとこ。で、隣りのリクライニングで寝ていたお姉さんのいびきで早朝に起こされて。で、今ここって感じです。いえい」

世田に話したことをそのまま、天羽は古谷に伝えた。

「なるほど。それは災難でしたね。で、世田さんは？」

「私は……」

まさに、捜査資料にもう一度目を通して見落としが無いかチェックしようと思っていたのだが、それを説明する前に天羽が割って入った。

「世田さんはアレです。家のクーラーの調子が悪くて、早く目覚めたんです。で、酷暑に耐え切れず、署で涼みに来たんです。ね？」

なるほど。どうやら「正直に言うな」という天羽からの指示らしい。

「ね、世田さん？」

念押しが来た。

「はい。そうなんです」

世田は天羽の嘘に話を合わせた。

「そうでしたか。熱中症は怖いですから、クーラーは大至急修理をしてくださいね。そのために有給休暇が必要であれば、いつでも取得してください。それから、本日は違うようですが、念の為に申し添えますと、本所南警察署では早朝勤務は認めません。刑事といえども我々は地方公務員。無理な捜査をして心身を壊しては元も子もありません。そこは深くご理解ください。では、私はラーメン屋に行ってきます」

ニッコリと微笑み、古谷は外に出て行った。

「私の嘘、バレてる感じっすかね？」

天羽が訊く。

「バレバレだろうな。ま、今日は見逃してくれるみたいだから、あれ、見せてくれ」

「はい？」

「高橋校長から送られてきたっていう、児童全員の名簿」

「はいはい。ファイルにまとめてありますよ」

天羽は、世田にファイルを手渡してきた。開く。中には南高輪小学校の児童の写真、名前、両親の名前、住所や職業が書き記されていた。

「この黄色い蛍光ペンのラインが入っているところは？」

「訪問したところです」

蛍光ペンのラインが引かれていない場所が、まだ三分の一以上は残っていた。

「こんなに残っているのか」

「とにかく長いんですよ！　お母さんたちの話が！　世田さんも今日回ればわかりますよ」

「そうか。で、この数字は？」

児童の名前横には、通知表のように五段階の評価が書かれていた。ここだけは、手書きで、しかもどうやら鉛筆書きのようだった。

「それは、モンスターペアレントの成績。採点は高橋校長。五が最上級のクレーマー」

「ほう」

「あの。そのリストも良いですけど、それより先に、ＬＩＮＥ、送ってくださいよ」

「ＬＩＮＥ？」

「甥っ子くんに。子供のゲソ痕」

「だから！　捜査資料を子供にＬＩＮＥなんかしたら、それこそ大問題だろうが！」

先ほどとほぼ同じ会話。まるで漫才だ。そして、押し問答の最中、刑事課に四人目が現れた。

刑事ではなく、制服警官。世田は、つい最近、彼に世話になったばかりだった。

「ま、松江くん？」

「はい！　おはようございます」

松江は、世田に敬礼をした。

「まさか世田警部補がもうご出勤されているとは思わず、お疲れ様です」

「君は？　宿直かい？」

「はい。それで、ええと、捜査本部の方はどなたかいらっしゃいますか？　会議室の方にはまだどなたもいらっしゃらないので」

世田は自分と天羽を指差して言った。

「俺たちはふたりとも本部参加だよ。何かあったかい？」

松江は、スッと背筋を伸ばし、軍隊の兵卒のような口調で報告をした。

「実は、ロビーに来ていらっしゃいます。錦糸公園で殺害された秋山玲子さんのご婚約者と名乗る方です」

「！」

「！」

世田と天羽は、同時に椅子から立ち上がった。

6

刑事課フロアの壁際に並んでいる、四つの小さな取調室。世田と天羽は、秋山玲子の婚約者とその同行者を左端の取調室に案内した。ちなみにその婚約者は、大人気コミック『ツリー・ブランチ』の著者である伊勢原英和ではなかった。

婚約者は、自分の名は吾妻光弘《あずまみつひろ》だと言った。小柄で細身。体型に不釣り合いな大きな黒いTシャツ。少しパーマがかかった髪はシルバーに染められている。顔立ちはそれなりに端正で、ジャニーズっぽいと言えなくもない。そしてもう一人。自分はただの付き添いですが、と切り出した男。小洒落《こじゃれ》たデザインのメガネに短髪。半袖のブルーのシャツを第一ボタンまできっちりと留めている。そしてシワのないベージュのチノパン。

「獣光社で編集をしております青木清隆と申します」

手渡された名刺には、漫画週刊誌である週刊スレイの編集担当と書かれている。

「週刊スレイって、『ツリー・ブランチ』の掲載誌です」

そう天羽が世田に耳打ちをしてくれた。

刑事側が質問を始める前に、青木は話し始めた。

「実は私、吾妻先生の担当をしておりまして、それで、今回の事件を知り、大慌てでこうして警察に来た次第です」

「なるほど。吾妻さんは漫画家先生なんですね。ちなみに、どんな漫画を描いていらっしゃるんですか？」

「それはちょっと、お答えしにくい質問です」

「はい？」

青木は平然としている。吾妻は沈鬱な表情のまま無言だ。

「婚約者の秋山玲子さんが発見されたのは、土曜日の早朝です。メディアでも大きく取り上げられました。なのになぜ、吾妻先生は今の今まで婚約者であることを名乗り出なかったのでしょうか？」

天羽がズケズケと尋ねる。この質問にも、吾妻ではなく青木が答えた。

「それは、締め切りのせいです。週刊誌の連載は非常にハードで、校了前はたいてい缶詰状態になります。それで、吾妻先生が事件を知るのが遅れてしまったのです」

「なるほど。では、吾妻先生は週刊スレイで連載をされていらっしゃるのですか？」

「……」

「実は私、コミックオタクでして週刊スレイは毎号買っているんです」

「それは、ありがとうございます」

「でも、吾妻光弘さんという名前は、お見かけしたことが無いのですが」

「そこはその……ちょっとお答えしにくい事情がありまして」

「はい？」

「それにその……事件と吾妻先生の作品とは関係は無いでしょう？」

「そう言い切れるんですか？」

天羽はどうも、普通に話していてもやや攻撃的なニュアンスを感じさせるタイプらしい。世田はごく普通の口調で話題を変えた。

「吾妻さんは、ずっとご自宅にいらしたのですか？」

「いえ、自宅ではありません。吾妻先生のご自宅は錦糸町にあります」

答えたのは、またしても青木だ。半年前。両国に実家がある吾妻は、錦糸公園の隣りにある高級レジデンスの最上階に部屋を購入。そして一ヶ月ほど前から、被害者・秋山玲子と一緒に住んでいたと言う。つまり被害者は、自宅の目と鼻の先にある公園で殺害されたのだった。

「自宅でお仕事をされていたのではないのでしたら、缶詰というのはどちらでですか？　別にお仕事場があるのですか？」

「はい」

「どちらですか？」

「吉祥寺です」

「なるほど。吉祥寺の仕事場で缶詰状態だったわけですね」

「はい」

「それって、証人はいますか？」

天羽がサッと口を挟んだ。先輩刑事の聞き込みに横から口を挟む新人にはこれまで会ったことは無かったが、たった数日で、世田は天羽のこれらの態度には慣れた気がした。

「証人、ですか？」

青木の受け答えの歯切れが悪くなった。吾妻は相変わらず無言だ。

「はい。吾妻さんは被害者である秋山玲子さんの婚約者。非常に関係性の強い方ということになります。なので、立ち入った質問をいくつかさせていただくことに関してもどうかご理解をお願いします」

「……」

「では、もう一度、お伺いします。事件当日、吾妻さんはどこでお仕事を？」

すると初めて、青木ではなく、吾妻本人が口を開いた。

「吉祥寺にある、伊勢原英和先生のご自宅です」

「え？　吾妻さんは伊勢原先生のアシスタントなんですか？」

「はい」

「え？　ちょっと待ってくださいね。あの、錦糸町の駅前のレジデンスの最上階のお部屋をご購入されたって仰ってましたよね？　あそこ、億は下らないと思うのですが、伊勢原先生のアシスタントって、そんなにギャラ、たくさんもらえるんですか？」

「……」

ぶしつけな聞き方にも程があると世田は思ったが、ある意味、話が早くて良いかもとも思った。案外、天羽は刑事として得なキャラクターかもしれない。

「あと、さっきからそちらの編集の青木さん、吾妻さんのことを『先生』って呼んでますけど、漫画業界って、アシスタントの方のことも『先生』って呼ぶんですか？」

「……」

吾妻がまた無言に戻る。その代わり、青木が「降参です」とでも言うように、一度、両手を小さく上げた。

「詳しいお話をする前に、これからのお話は決して外部には漏らさないとお約束ください」

チラッと天羽が世田を見た。この申し出には世田から答えた。

「お約束します。ただし、事件の真相に完全に無関係な事柄でしたら、ですが」

「……」

「……」

青木は、一度、大きく息を吸った。それからシンプルに言った。

「吾妻先生は『ツリー・ブランチ』の現在の作者なんです」

「え！」

天羽が驚きで咽せた。

「じゃあじゃあじゃあ、吾妻さんは伊勢原英和のゴーストライターってことですか？　え？　マジすか？　これって、めちゃめちゃスクープじゃないですか！」

「ずっとではありません。連載が始まった当初は、伊勢原先生がネームも絵も描かれていました。しかし、二十年以上連載を続けていればアイデアも尽きてきます。それで、二年ほど前から、チーフ・アシスタントだった吾妻先生の力を借りるようになりまして」

「あ！」

天羽が右手を大きく上げた。

「一時期、マンネリとか悪口言われてたのに、急にまた盛り上がってきたのって、作者が伊勢原先生から吾妻さん……吾妻先生に代わったからですか？」

「まあ、そうとも言えます」

「わーお」

「もちろん、ずっとこの状態を続けていけるわけではないと我々も思っています。『ツリー・ブランチ』は、今、主人公は最後の戦いに入っています。年内には『ツリー・ブランチ』は最終回を迎え、そして来年、吾妻先生はご自分のお名前で、新連載を始められます」

「終わっちゃうんですね、『ツリー・ブランチ』。それって、伊勢原先生も受け入れられているんですか？　吾妻先生は、円満な独立ってことになるんですか？」

「最初は反対されていましたが、最後にはきちんとご理解をいただきました」

「なるほど」

天羽の質問が途切れた。そこで世田は、話を先に進めることにした。

「吾妻さんは、元々は秋山玲子さんとどこで出会われたのですか？」

「彼女とは、高校の同級生なんです」

「なるほど。そうだったんですか」

吾妻と秋山玲子は、高校の時は顔と名前がわかる程度の関係でしかなかったが、一年前の同窓会で再会して意気投合。すぐに結婚を意識した付き合いに発展したのだと言う。

「吾妻さんが秋山玲子さんと最後に連絡をとったのはいつですか？」

「金曜日の夜中です」

言いながら、吾妻は着信履歴が表示されたスマホを世田に手渡してきた。ガイシャからの着信は、土曜日の午前一時七分。殺害直前だ。

「締め切り直前は、伊勢原先生のルールで携帯は禁止なんですけど。この時は、ちょうどトイレに行っていた時で。なので電話に出られました」

「玲子さんはなんと？」

「話があるから、締め切りが終わったら聞いてねって」

「話というのは?」

吾妻は、力なく首を横に振る。

「わかりません。学校のことかな。高橋って校長が厄介って言っていたし。いや、案外、家具のことだったかも。まだ、ソファとテレビしか買ってないから。ゆっくり選ぼうねってずっと彼女、張り切っていて……」

「なるほど……ところで、吾妻さん。秋山玲子さんが携帯を三つ持っていたのはご存じでしたか?」

「はい。学校支給のもの。前の旦那のもの。それから俺名義の携帯です」

なるほど。それで、どのキャリアにも被害者名義の番号が無かったわけだ。すぐにその番号を聞き、メモをする。後ほど捜査本部とこの情報を共有すれば、今日中には事件当日の秋山玲子の位置情報や着信履歴がわかるだろう。

天羽がいつの間にか例の週刊誌の記事のコピーを持ち出してきていて、それを吾妻の目の前に遠慮なく突き出した。

「これについても、お話聞いても良いですか?」

「……どうぞ」

「この女性って、秋山玲子さんですか?」

「そうです」

「なぜ、玲子さんは、伊勢原先生と二人で会っていたんですか？」

「二人ではないです。うまい具合に写真では切り取られていますけど、この場には俺も青木さんもいたんです」

「え？」

「この日は、俺と玲子の婚約祝いだって、伊勢原先生が焼肉屋に連れて行ってくれたんです。この写真はその時店を出た直後の写真なんです」

「うっわ。週刊誌って怖ッ！　これだけ見たら、普通に記事を信じちゃいますよね。ところで、この件で週刊誌に抗議は？」

「それは、多分、していません」

「なぜですか？」

「それは、俺の方が聞きたいですよ！」

突然、吾妻の声が大きくなった。そしてすぐに、ハッと我に返り、次は低く小さな声で言った。

「ぜひ、刑事さんたちから伊勢原先生に同じ質問をしてください。これまでも、伊勢原先生には何回か熱愛報道ってやつはあったんです。先生はその度、自分のＳＮＳで否定コメントを出してました。なのに今回だけはなぜかダンマリで……」

それから小一時間、世田と天羽は吾妻と青木から話を聞いた。

事件当日は、青木も編集担当として、吾妻や他のアシスタントたちと一緒に伊勢原の仕事場に詰めていたという。つまり、彼らには完璧なアリバイがあるということである。ただ、その仕事場の主である伊勢原英和だけは、その夜はひとりで飲みに出かけていたという。

「俺はほら、いない方がみんな、気楽だろう?」

出かける前に伊勢原はそう言っておどけてみせたそうだ。

「まあでも、入稿前には一度、俺にもチェックはさせてくれよな。『ツリー・ブランチ』は一応まだ、俺の作品ってことになってるんだからさ。いいよな、吾妻。おっと、すまん。もう、吾妻先生って呼ぶべきだった。良いですよね? 吾妻先生♪」

7

世田と天羽は、伊勢原英和の聞き込みを担当したかったが、朝イチに行われた捜査会議で、伊勢原の仕事場には本庁捜査一課の刑事が行くことになった。吾妻と青木に対しても、改めて捜査一課の人間が話を聞きに行くという。

「私たち、よっぽど信頼が無いんですかね」

天羽が聞こえよがしに嫌味を言ったが、誰も取り合ってくれなかった。世田と天羽は、引き続き南高輪小学校関係の聞き込みを続行するように。それが、上からの指示だった。

会議を終え、すぐに高輪の住宅街へと向かう。アスファルトの照り返しで灼熱の地と化した東京。セミの鳴き声ばかりが爆音で響き渡っている。世田はクール・タイプのウェット・ティッシュで何度も首元の汗をぬぐい、天羽は、何やら充電式の「首筋に当てて血液の温度を下げて全身に涼感をもたらす」という怪しげな家電を首から下げていた。

初日に聞き込み出来なかった家庭を順に回っていく。

一軒。

また一軒。

すぐに、この聞き込みがなかなか捗《はかど》らない理由は理解できた。一軒の滞在時間がとにかく長いのだ。保護者らは皆、教師が殺害されたことに対する子供への影響を心配しており、何らかの悪影響があった場合は学校側がどのような対策を講じるのか、責任は取るのか、児童やその保護者に余計なストレスを与えたことについてはどんな謝罪があるのかなどをとにかく気にしていた。秋山玲子が、誰に、なぜ、殺されたのかについては、あまり興味を持っていないようだった。児童たちも保護者たちも、被害者・秋山玲子に個人的な感情はほぼ無く、それはつまり、児童の家庭と教員との距離をなるべく離すように努めていた高橋校長の努力の成果なのだろう。

「なんていうか、クッソつまらない聞き込みですね」

天羽が若い女子としてはいかがなものかという口調で愚痴る。

「聞き込みなんて、九割九分はつまらんものさ」

「あー、そういうの、おじさん構文です」

「なに?」

「おじさん構文。世田さん、そういうのはきちんと意識して直した方が良いですよ。そうしないと、醜く老けますから」

「おっさんくさいってことか?」

「単に、おっさんくさいんじゃないです。醜くおっさんくさいんです。嫌でしょう?」

天羽はピシャリと世田にダメ出しをし、それからスマホを確認しつつ言った。

「事件当日、玲子先生と渋谷のシュラスコのお店に行ったお友達、見つかったそうです。松本まどかさん。彼女の事情聴取も、所轄じゃなくて本庁の一課の刑事がやるそうです。感じ悪いわー」

「そうか? 普通だろ」

「警察の、そういう普通、感じ悪いわー」

天羽は、大袈裟に両手を広げながら言った。

「木《こ》っ端微塵《ぱみじん》にしたくなるわー」

ふと、その天羽の「木っ端微塵」という単語が、世田の中で引っかかった。

「それってあれか? 今、流行ってるとかいう携帯アプリのあれか?」

「え?」

「仮想なんとかだか、なんとかアールだとか、とにかく携帯の中の世界で爆弾テロ起こして遊ぶアプリが流行ってるんだろ？　おまえさんもそういうアプリ、使うのかい？」

天羽が、正面からまじまじと世田を見つめた。

「へぇえ。びっくり。世田さん、『アイコ』、知ってたんですか。そういうアンテナは錆《さ》びまくりの人だと思ってたのに」

「知らなかったさ。たまたま、この前、飲み屋で後輩から教えてもらったんだよ」

「へぇえ。そうなんだ。ちなみに私はやってませんよ？」

「そうなのか？」

「私は、仮想現実とか、そういうんだとイケナイんです。昔だとテレホン・セックスだとか、今ならVRセックスで振動付きとか、全然興奮しないんです。やっぱり生身の男の体温とか体臭とかドクッドクッっていう力強い血流を感じないと、セックスって楽しくないですよね！」

「……おまえは何の話をしているんだ？」

今度は、世田が天羽をまじまじと見つめた。天羽はピッと人差し指を立てると、世田のほうに顔を寄せてきた。

「私、『おまえ』って呼ばれるの好きじゃないんで、これからは下の名前で呼び捨てでお願いしても良いですか？　『おい、ふみ』っていう感じで」

「普通に苗字で呼ばせてもらうよ。天羽」

「えー。ケチ」

「はあ？」

午前中の聞き込みでは、気になる情報と出会えなかった。有名芸能人である相沢貴俊と比呂子夫妻への聞き込みだけは、世田と天羽ではなく、本庁捜査一課の人間が行くことになっていたが、それについては天羽は特に不満を表明しなかった。

「私、相沢貴俊ってあんまり萌えないんですよ」

そんなことを平然と呼び捨てで天羽は言う。

「そりゃ、顔は整ってますよ？　でも、なんていうか、彼っていつも『良い人ぶってる』じゃないですか。たまにバラエティとか出ても、自分の好感度ばっかり気にしているタイプっていうか」

「あれ？　天羽はテレビは観ないんじゃなかったのか？」

「観ないですよ。観ないけど、男の家に行った時は男が点けてたりするじゃないですか。あれってマジで無神経ですよね」

「そうか？」

「相沢貴俊、絶対退屈な男ですよ。だから、そんなやつは本庁の皆様にお譲りします」

無茶苦茶だなと思いつつ、その話題はそれ以上しないことにした。手頃なランチを求めて五反田駅方面に移動し、駅と隣接したビルの中にあるカフェに入った。

「日替わりランチ」

ろくにメニューも見ずに世田が頼む。天羽は、メニューではなく、隣りのテーブルにいた男をじっと見ている。

「？　どうした？」

「世田さん。彼、今、使ってますよ」

「何を？」

「『アイコ』を」

「え？」

それから天羽は、ウェイトレスに「私も日替わりで」と告げると、いきなり隣りのテーブルに移動した。窓際の四人掛けのテーブルを一人で使っていた太った若い男は、突然、自分の向かい側に見知らぬ若い女が座ったことにとても驚いていた。

「だ、誰？」

天羽は、その問いは無視した。

「それって『アイコ』ですよね？　世界を変えろ！　クソッタレな世界に爆弾を投げつけろ！でしたっけ？」

「だったら何？」

「や、実はあのおじさんが」

言いながら、天羽は世田を軽く指差した。

「そのアプリに興味津々で。なんで、実際に使ってる人を見つけちゃったんで、その使い方とかちょっと教えてほしいなーなんて」

最後、なんて、と言いながら、天羽は意味のわからぬ体のくねらせ方をした。男の方は、天羽と世田を交互に見て、ボソリと「パパ活？」と言った。なるほど。自分のような男が天羽のような女と一緒にいると世間はそう見るのか。世田は内心で軽く呻いた。天羽の方は、男のその言葉もサクッと無視した。

「で、何を爆破してるんですか？」

言いながら、身を乗り出す。男は窓の外を指差した。

「あっちのビルに入ってるあれ。メンズエステの店。俺、あそこに三年通ったんだよね」

「あー。三年通ったのに痩せなかったんですか？」

天羽は相変わらず物言いに遠慮が無い。

「そうじゃねえよ。あの店の女が許せなくてさ」

「女？」

たとえ見知らぬ他人でも、人は、自分の話を聞いてもらえることに喜びを感じる生き物だ。ましてや、この太った若い男にとって、天羽のような若い女に話を聞いてもらえることは、望外の出来事だったようだ。天羽が少し水を向けただけで、その太った若い男は自分の身の上話を怒濤の勢いで話し始めた。

曰《いわ》く、彼は四十五年間、ニートだった。しかし三年前、「頼むから働いてくれ」と彼にプレッシャーをかけ続けてきた両親が事故でいっぺんに死んだ。保険金が入り、男は金持ちになった。なぜかわからないが、大金を手にした男は、社会復帰をしようと決めた。金というものが、気持ちを大きくさせたのかもしれない。就職というものをしてみよう。就職といえば面接だ。面接で面接官に好印象を与えるために、まずは体型を何とかしよう。しかし、運動をするのは面倒だ。なので、男はメンズエステに通うことにした。金だけはたくさんあった。

「三ヶ月、ベッドに横になっているだけで二十キロは痩せますよ♡」

男の担当になった女は、彼にそう豪語した。彼女の名前は「めぐみちゃん」。男はめぐみちゃんの言葉を信じ、一番高いプランに申し込んだ。施術を重ねるごとに、めぐみちゃんは自宅でのケア用品を勧めてきた。

「痩せたら今以上にかっこよくなると思うんです。そしたら、私とデートをしてくださいね」

めぐみちゃんは、自分に惚れている。そう思った男は、勧められるままに商品を次々と買った。しかし、男は痩せなかった。そしてある日、エステに行ったらめぐみちゃんは退職をしていた。なんと寿《ことぶき》退職！　自分に惚れていたはずのあの女は、実は二股をかけていたのだ。そして、男は全く痩せていない。

「最悪だろ？」

男は吐き捨てるように言った。

「なるほど。で、『アイコ』の出番ってわけね？」

「本当に爆破しちまったら洒落にならないしね。それに……それに、『アイコ』のカウントって、すげえみんな見てるからね」

「カウント？」

「何回爆破されたかっていうカウントだよ。それだけたくさんの人から恨まれてる所だってわかれば、店の売り上げだってガンガン落ちるからね。アイコ・アプリの力で現実に潰れた店って結構あるらしいよ」

男はそう言いながら、アイコ・アプリの画面を天羽に見せた。天羽はそれを世田に見せた。男が先ほど撮影した、メンズエステの店の外観写真。真ん中には時計が表示され、刻々とその数を減らしている。

「これ、カウントダウン。爆発までのさ」

ランチについてきたコーヒーに大量の砂糖を入れながら、男はアプリ画面を注視している。

あと5秒……4、3、2、1……

ボンッという効果音とともに、画面の中でだけ店は爆破され、粉々に砕け散った。良くできたＣＧ。どんな画像でも、リアルな爆破ＣＧが表示されるようプログラミングされているのだろう。

「それ、無料なのかい？」

世田が聞く。

「無料でも使えるし、オプションを使いたかったらアプリ内課金で金を使うことも出来るね」

「へえ」

「この数字見てよ。今の俺の爆破で、五十ちょうどになったでしょ。つまりこの店は、五十人から爆破されるほどムカつかれた店ってこと」

「なるほど」

「で、ここを押すと、今の爆破動画がTwitterとインスタで共有される。あと、地図アプリとも連携してて、ほら、ハッシュタグ・アイコで、こうして爆破された場所が地図上で一覧表示もされるんだ」

その地図アプリを世田は覗き込む。

東京中が爆弾のアイコンで埋め尽くされている。

（ほんの二年前だぞ……）

そう世田は思う。

ほんの二年前、本物の爆弾が渋谷のハチ公前広場で爆発し、数百人が肉片になった。被害者の家族、友達、同僚たちは、愛する仲間の突然の死に心をズタズタにされた。にもかかわらず、その後数年でこんな悪趣味なジョーク・アプリが現れ、それが流行り、仮想世界の中とはいえ、爆弾テロを仕掛けることを多くの人間がストレス解消に使っている。

しかも、アプリの名前が、アイコ。

これを作った人間は、どんなやつなのだろう。こんなアプリで金を稼ぐことに、良心の呵責《かしやく》は感じないのだろうか。

「日替わりランチ、お待たせしました」

若い女性店員が、豚の生姜焼きと生野菜サラダのセットを運んできた。が、世田はすっかり食欲を失《な》くしていた。

8

午後の聞き込みでも、収穫らしいものは何も無かった。すごすごと本所南署まで引き返そうと時間貸しの駐車場まで戻ってきた時、捜査本部から電話が入った。

「世田さんですか？　一課の宮益《みやます》です」

本庁捜査一課の係長。今回の事件の捜査本部では、指揮官である副島の補佐役としてずっと本部に詰めている。所轄からのやっかみや反感を意識してなのか、彼は所轄署の人間には相手を問わず敬語を使っている。

「ガイシャの婚約者さん名義の携帯のことで、ちょっと世田さんに確認していただきたい件がありまして」

「携帯、見つかったんですか？」

「いや、本体はまだなんです。殺害直後に電源が切られたみたいで、そのまま行方不明です。ただ、キャリアへの開示請求で、事件直前にその携帯から二件、発信履歴が確認されましてね」

「二件、ですか」

「はい。一つめの相手は、世田さんが聞き取りしてくださった吾妻光弘さん。時刻もほぼ供述通りです。で、それから数分後に、ガイシャはもう一本電話をかけていましてね。メモ、取れますか？」

「はい。大丈夫です」

「かけた番号の契約者は染谷《そめや》准一《じゅんいち》。検索したところ、有名なレストラン・チェーンの経営者らしいんですが、その人の自宅が、今、世田さんがいるところのすぐ近くなんですよ。ちょっと様子見、お願いして良いですか」

「了解です。もし本人もしくは家族が在宅だったら、そのまま私が聞き込みをしても良いのでしょうか？」

「もちろんです。業界ではそれなりに著名な方のようなので、諸々配慮しつつよろしくお願いします」

そう言って、宮益は染谷の住所を伝えてきた。復唱する世田の声に合わせて天羽がスマホでメモを取る。

「おおっと。これはすごい」

世田が電話を切るのと、天羽が大きな声を出したのが、ほぼ同時だった。

「どうした？」

「や、実は私、あれから自分の携帯にもインストールしたんですよ。『アイコ』」

「は？」

「くだらないアプリだなあと思ってスルーしてたんですけど、よくよく考えたら、ああいうのっていわゆる犯罪者予備軍たちの心にヒットしてるから流行っているわけじゃないですか。じゃあ、私も刑事の端くれとして、そういう彼らのメンタルにもアンテナを張っておく必要、あるんじゃないかなと思いまして」

「そんなことより、目の前の事件に集中しろ」

ややや語気強めに世田は言ったが、天羽は軽やかにそれを無視した。

「で、実は『アイコ』って、爆発回数ランキングっていうのがあるんですよ。でですね、今、本部から連絡が来た染谷准一さんの自宅、なんとなんと、ランクインしてるんですよ！」

「え？」

「ほら！」

天羽がスマホ画面を世田に向かって突き出す。
・染谷准一の家の写真。
・爆破の様子の動画。（もちろんこれはＣＧだが）
・マップを使った染谷准一の家の地点表示。
・銀色の手榴弾のイラストに「79」という数字。
などが、指一本の縦スクロールで見られるようにまとめられていた。

「ワースト10にランクインすると金色の手榴弾。ワースト99までにランクインすると銀色の手榴弾なんですって。染谷さんの自宅、なんと今、堂々の79位」

「ちょっと待て。ここ、個人の自宅だろう？」

「どっかの掲示板かＳＮＳで、個人情報、晒《さら》されちゃったんでしょうね。気の毒に。何があったのかなー。何かなー。あ、これかな？」

天羽は、口の動きも止まらないが、スマホを操作する指も止まらない。

「検索したページ、読みますね。染谷准一、年齢は四十四歳。レストラン『リストランテ・ジュン』グループを経営。本店は恵比寿。順調に売り上げを伸ばして、今年、銀座に二十店舗目を出店。ワーオ。ただし、最近はネット上で、このグループの従業員を名乗る匿名アカウントが、染谷氏による非正規雇用の従業員に対してのパワハラ、モラハラなどを告発。クローズドな場所での差別的な発言や、労働基準法への違反行為もリークされ、現在、炎上中」

「なるほど」

染谷准一邸は白金にあり、高輪で聞き込みをしていた世田たちから車で五分程度の距離だった。近くに一時間三百円の白線パーキングがあったので車はそこに停め、まずは家の様子を見に行った。外壁は、中が覗き見出来ないよう威圧的に高いコンクリート壁。全面に、深みのあるダーク・グレーの塗装が施されている。高さの効力で、世田たちの立つ場所からは染谷の自宅建物の二階上部が僅かに見えるだけ。外壁と同じダーク・グレー基調の立方体を組み合わせたデザイナーズ・ハウス的な家のように見えたが、一階部分がどんな雰囲気かは外からはわからない。

「なんか、芸能人かゲージュツカの家みたいですね！　あ。ゲージュツカはカタカナの方のゲージュツカ」

天羽はちょっと僻《ひが》んだような口ぶりだったが、世田にはこの家は監獄のように見える。住みたいとは思えない。ネットでは炎上中ということで、壁に下品な落書きの一つでもあるかと想像していたが、それは全く無かった。

と、そこに、一台の黄色い自動車が来て、染谷邸の目の前で停車した。軽のツー・シーターで屋根も開く可愛らしい車で、中から世田が良く知る女性が降りてきた。

「ま、真奈美ちゃん？」

世田の声を聞き、女性の方も振り返った。

なんと、車から降りてきたのは、かつての渋谷ハチ公前爆破テロ事件で知り合った高梨《たかなし》真奈美だった。

「え？　世田さん？」

「お知り合いですか？」

さっそく天羽の詮索が始まる。

「ああ。うん。二年前、ハチ公前の事件を解決してくれた女性だよ」

世田は、詳細を大きく省いて真奈美を紹介した。

「え？　てことは、世田さんと一緒にレインボーブリッジに行ったあの女性ですか？」

警察内部では、高梨真奈美はちょっとした有名人だ。彼女が手がかりを見つけてくれなかったら……そして、直《ただ》ちに渋谷署を訪ねてきてくれなかったら……今頃は東京に東京タワーは無く、東京湾からもレインボーブリッジは無くなっていただろう。真奈美は事件後、世田の相棒である泉大輝と恋人関係になった。ふたりの馴れ初めも、世田が取り持ったようなものだ。だから、先日の泉との酒以来、世田は真奈美のことが少し気になっていた。

「すごい偶然だね。真奈美ちゃんは、なぜここに？」

「実は私、このお家《うち》のお子さんの家庭教師なんです」

「え」

「会社辞めたら、取引先の社長さんに家庭教師としてスカウトされちゃって。あー、でも今は正確には、『家庭教師だった』ですけど」

「えっと、その取引先の社長さんっていうのが、染谷さん？」

「はい。染谷社長の息子さん、祐矢《ゆうや》くんっていうんです。ただ最近、ちょっといろいろお家の中であったみたいで、それで」

「……」

詳しい話をもっと聞きたかったが、これ以上、家の前で立ち話をする話題ではないと思った。と、横から天羽が、スッと秋山玲子の顔写真を取り出し、真奈美に見せた。

「いきなりで恐縮ですけど、この女性ってお知り合いですか？」

「？　いえ、知らない人ですね」

「見たこともない？」

「見たこともないですね」

言いながら、真奈美がチラリと自分の腕時計を見た。左腕に、鉤爪《かぎづめ》で引き裂かれたような古傷が複数走っている。天羽がさりげなく目を逸《そ》らすが、真奈美はその動きに敏感に気づいた。

「あー、これは気にしないでください。もう開き直ってるんで」

そう言って真奈美は笑った。

「それ、ハチ公前広場で？」

天羽が、天羽にしては珍しく遠慮がちな口調で尋ねる。

「はい。あの時に、ザックリ。でも、このくらいで済んだのは本当に幸運でした。なのでこの傷は、今はもう私の『お守り』みたいなものです」

「へえ。あの、ちょっと触っても良いですか？」

「え？」

「天羽！」

世田が大きめの声を出したが、天羽は真奈美の腕を触り、真奈美も平然とそれを許していた。

「真奈美ちゃん、その、家庭教師の後は忙しいかい？」

世田が真奈美に尋ねる。

「もし時間があったら、近くのファミレスか何かで久しぶりにお茶でもどうかなと思って」

「良いですよ。じゃあ、一時間後くらいに私から世田さんの携帯にお電話します」

「了解」

それから真奈美は、染谷邸の大きな門の前に行き、「染谷」と書かれた表札の下にあった黒いボックスの蓋を開き、中のタッチ・パネルを操作した。ガチンという低く鈍い音が門の中からした。おそらくロックが解除されたのだろう。真奈美は世田と天羽に小さく頭を下げると、門を押し開け、染谷邸の中に入っていった。ガチンという音が再び聞こえ、門がロックされる。

「一時間なら……それまでここのご近所の聞き込み、やりますか？」

天羽がそう提案してきた。

「秋山玲子さんが、お金持ちの染谷さんと何か個人的な関係があるんなら、近所の人が彼女を目撃している可能性、ありますよね？」

「個人的な関係って、たとえば何だ？」

「不倫」

天羽が即答する。

「あるいは、もう少しライトに、セフレ」

「まさか」

「いやいやいやいや。世田さん。秋山玲子が染谷さんに電話をかけたの、深夜の零時を回ってるんですよ？　仕事だけの関係の人に電話をかける時間じゃないですよ」

「……」

確かに、それは一理ある。だが、漫画家の婚約者を持つ小学校の教師と、ブラックな経営で炎上中の飲食業グループのオーナー社長と、世田の中ではうまくイメージが結びつかなかった。

とまれ、先入観は排除して情報を集めるのが刑事という仕事の基本である。世田と天羽は、染谷邸の右隣りの家から順に訪ねて行くことにした。

右隣りの家は、おばあさんがひとりきりでいた。週に二度、息子のために留守中に掃除と食材の作り置きに来ているのだという。秋山玲子の写真を見せたが「知らないです」の一言だけだった。隣りの染谷家のことを尋ねたが、こちらも「知らないです」の一言だけだった。隣りの家の表札が「染谷」であることすら、彼女はチェックしていなかった。彼女の興味は自分の息子のことだけであり、やるべきことは掃除と料理であり、隣り近所のことには何の興味もなくて当然だった。家事の邪魔をしたことを彼女に詫びて玄関先を辞し、通りに出て、次は染谷邸の向かいの家の呼び鈴を鳴らしてみることにした。

と、その時だった。

世田と天羽の背後で、爆音が鳴り響いた。

「！」

振り返る。爆音は、染谷邸の中からだった。何かを考える前に、世田は震えた。足から力が抜け、そのまま地面にへたり込んでしまう。一方の天羽は、脱兎《だつと》の如く染谷邸の門に向かって走った。

「天羽！　その家に近づくな！」

次の瞬間、もう一度、爆発は起こった。

待合室に入る。

設定されている十二個の単語を、順に入力する。

合致。

と、携帯にインストールしてあるパスワード生成アプリが六桁の数字を通知してくる。

入力。

承認。

会議室のドアが現れる。が、まだ中には入れない。ドアの前にランダムな画像が現れ、「橋の画像を選べ」「信号機の画像を選べ」などと指示してくる。

指示の通りにする。

ようやく、ドアが開く。

入る。

想定外のトラブルが起きたせいで、この日は男が最後の入場者だった。

円卓。見回し、素早く数を数える。

十一人、いる。

「こういうの、シンクロニシティって言うのかな」

男の向かい側正面に座っていた少女が、可愛こぶった首の傾げ方をしながら言った。もちろん、見た目が少女だからといって、中の人が本当に少女かはわからない。おそらくは違うだろう。別に構わない。人として信用が出来るのであれば。

「僕以外にも誰かいるの？」

少しホッとした気持ちも抱えつつ、男は尋ねる。それから自嘲的に、

「それって、あまり良いことじゃないよね？」

と付け加える。

少女はまた首を傾げる。

「大丈夫。警察は、まだ私たちの存在に全然勘付いてないよ」

「なぜ、わかるの？」

「わかるから」

「だから、それはなぜ？」

するとと彼女の隣りにいる、耳の尖った肌の黒いエルフが声を荒らげた。

「それを君に説明する必要は無いだろ？　俺たちはみんな、アイコにはすべてを話してるんだから」

彼曰く、トールキンの作った世界には黒人のエルフは存在しないのにそれをAmazonが金の力で台無しにした。その屈辱を忘れないために、自分はあえて肌の黒いエルフになった、のだそうだ。ちょっと拗らせ過ぎでは、とも思うが、拗らせていることに関しては自分も人のことは言えない。

「そう。なら良いけど」

男は素直に引き下がった。それから男は、この会議室に入ってから気になっていた質問をした。

「どうして十一人しかいないの？　二人、足りないよね」

こちらの方は、しばらく答えが返ってこなかった。自分が来る前に、一度、何らかの会話がされていたのだろう。もう一度その話か、という重たい気配があった。

「ふたりは、多分、抜ける」

男の斜め左に座っていた巨漢の男が口を開けた。レイシストを見かけたら怒りを抑えるために角砂糖を一つ舐めるというマイ・ルールを持っていて、そのせいで現実世界では歩けないほどのデブだという。こちらももちろん、本当かどうかはわからない。

「ひとりは、生きるのに心が弱過ぎて。もうひとりは、信じる心が足りなくて」

心が弱過ぎる方には、実は心当たりがあった。心臓がドクンと大きな音を立てて跳ねた。

「そこからバレていくってことは無いのかい?」

黒人のエルフが不安を表明する。

「『ツリー・ブランチ』?」

「もちろん」

「だから、それが今日の議題なの」

正面に座っていた少女は、そう言ってから、なぜか踊るように両手をひらひらと振った。

「私は、仕方ないと思うの。だって、世界を変えるのだもの」

第三章

1

――環状七号線。両側を背の高い並木に挟まれた、片側三車線の広い道。その真ん中を、村井京助巡査と高田直人巡査の乗ったパトカーが、サイレンを鳴らして疾走していた。

「今夜はデートの予定だったんですか？」

運転席の高田が、助手席で個人のスマホをいじっていた村井に尋ねる。

「うん、まあね」

村井は浮かない声で答える。

「大丈夫っスよ、ちょっと頭が冷えたら、運転手、戻ってきますよ。今頃、現場近くでオロオロと家族に相談とかしてるんじゃないスかね」

轢《ひ》き逃《に》げ事故の通報があったのが十分ほど前。村井と高田は、その現場に最も近い交番勤務の制服警官で、たまたまパトカーで巡回に出ている最中だった。即座にUターンをして上馬交差点を南東へ。次に野沢三丁目交差点を左折して、片側一車線の下馬通りに入った。

轢き逃げ事件の犯人は、三十分以内に現場に戻ってくることが多い。事故を起こして反射的に逃げてしまったものの、冷静に考えると逃げたことのデメリットの方が大きいと気づく。相手が軽傷なら尚更だ。それで、「逃げるつもりはなかったんです」という態度で戻ってくる。そういう展開だと、事故の処理も一気に簡単になる。

(今回もそうであってほしいな)

村井は心の中でそう呟いた。

下馬通りに入って七百メートルほどで、左手の青々とした銀杏《いちょう》並木の間から、目印となる高校の校舎が見えてきた。並木の途切れた十字路を左に曲がるとその高校の正門前。救急車は、その少し先の別の十字路手前に停車している。ジャージを着た男子高校生たちが集まっていて、その奥に、白ヘルメットに白衣姿の救急隊員が二人、空の担架を地面に置いたまま立っているのが見えた。

「マジか……」

村井は呻いた。被害者を担架に乗せないのは、被害者がピンピンしているか、あるいは現場保全のためだ。高校生以外にも、道のあちらこちらで、近隣の住人が事の成り行きを見ている。中には、通り沿いのマンションのベランダから身を乗り出し、現場をスマホで撮影している男もいる。

　パトカーを停め、救急隊員の側《そば》へと急ぐ。

「！」

　被害者が目に入った瞬間、村井は自分の口を反射的に押さえた。

　倒れていたのは、高校生だった。白い半袖のワイシャツに、濃紺のスラックス。おそらく、この目の前の高校の制服だろう。俯《うつむ》けに倒れ、顔だけが横に向いている。開いたままの目。頭部が割れているのか、ダラダラとその目に血が入り、更に反対側の目に流れ込み、最後には地面に血溜りを作っている。下半身は下半身で、片方の足が不自然な方向に折れ曲がっている。

「おまえら！　きょ、教室に戻れ!!」

　がなり声に振り向くと、熊のように大きな男性が、野次馬をしている生徒たちに、懸命に現場を見せまいとしている。

「この二人が、通報してくれたこの学校の生徒さんです」

　救急隊員が、彼らの側に立っていた二人の高校生を村井と高田に紹介した。

「ありがとう。君たち、ここの高校の子？」

　高田が尋ねる。後輩の高田の方が、村井よりもよっぽど落ち着いていた。通報者は男女で、男の方は被害者と同じワイシャツに同じ紺のスラックスを穿いている。彼の背後にすっぽりと隠れるように立っている女の子は、衿《えり》とリボンが紺色のセーラーに、紺色のプリーツスカート。二人とも、学校の校章入りのカバンを肩から提げている。女の子の方は、ガタガタとずっと身体を震わせていた。

「夏休みなのに学校に？　部活？」

「いえ、秋の文化祭の準備で」

　男の子の方が答える。

「そっか。で、被害者は知ってる子？」

「はい、たぶん同級生だと思います」

「たぶん？」

「俺も彼女も三年A組で、たぶん倒れている彼は、H組の生徒だと思います」

「名前は知ってる？」

「いや、名前はちょっと……ただ、ずっと学校に来ていなかったって話は知っていて……俺が彼女を昇降口で待っていたら、その横を通っていったんです」

「そうなんだ。事故は見たの？」

「いえ。俺らが正門を出たところで、こっちからドンって音がして。結構ヤバい音だったから、何があったのかと思って……本当は俺たち反対の方角に帰るんですけど、こっちまで様子を見に来たんです」

そこで女子生徒がワッと泣き出した。彼はその彼女の手を、後ろ手でぎゅっとつかんだ。

「なるほど。それで？」

「そしたら、白いミニバンが走って行くのが見えて」

「白いミニバンか。車種とかナンバーはわかる？」

「いや、そこまでは。ただ……」

「ただ？」

男子生徒は、そこで少しだけ、言葉をためらう気配を見せた。まるで、自分が目撃したことを自分自身で疑っているような雰囲気だった。

「あの車、一度、バックしてきた感じでした」

「バック？」

「はい。俺らが来た時、ちょうどその車、バックして彼を轢いたところに見えました」

「は？」

「車がちょっと持ち上がって、でもそのままバックしてて、ドスンって地面に降りました。そしたらその車が乗り越えてたのが、その……倒れてる彼だったんです」

「え……」

高田も村井も、すぐには彼の言っていることが理解出来なかった。

ドンという音がした。ならば、その時に車は被害者を撥《は》ねたのだろう。なのに、その音を聞いて走ってきた彼らが、どうして被害者が轢かれる瞬間を見てしまうのか。

「俺たち、びっくりしてしまって。彼女がすごい悲鳴をあげて。そしたらその車、また普通に前に進んだんです」

「ちょっと待って。じゃあ、まさかその車……」

「はい。倒れている彼を、また轢いて、そのまま行っちゃいました」

「！」

高田は村井を見、村井も高田の顔を見た。

その車は、被害者を三度、轢いていた。おそらく、猛スピードで一度。バックで一度。そして最後に、前進しながらもう一度。

これは、轢き逃げ事故なんかじゃなかった。

殺人事件だった。

2

二度目の爆発。そして程なく、染谷邸の二階窓から黒煙が噴き出した。蛇腹《じゃばら》のように立ち上る黒煙と、その縁を舐めるように広がる炎。世田はそれらを、地面に両手両膝を突いた姿勢で呆然と眺めた。

「世田さん！　手伝って！」

見ると天羽が、門扉から少し離れた塀にへばりついていた。上に向かって手を伸ばし、ぴょんぴょんと飛び上がっている。

「早く！　ここ乗り越えますよ！」

壁に手を這わせ、窪みを探し始める天羽。世田は、立てた右膝に両手をつき、よろけながらも立ち上がった。

「世田さん！　肩！　肩を貸してください！」

「え？　俺がおまえを？　肩に？」

「おまえ呼びはやめてください！　あと、ボルダリングやってますから、私！」

「大丈夫なのか？　ここ、かなり高いぞ」

言いながら世田は、壁に両手をついて姿勢を低くした。天羽はその背中に飛びついてよじのぼり、世田の両肩に立った。

「ま、ボルダリングは、まだ体験申し込んだだけなんですけどね」

そして、塀からはみ出している木の枝に飛びつく。そして二度ぶらんぶらんと体に弾みをつけると、それから両足を塀の最上部にひっかけた。次に、足の力だけで強引に上半身も塀の上に引きずり上げる。

「やるなあ、私。SASUKEに出られちゃうかも」

天羽はそう言いながら、塀の反対側に飛び降りた。すぐに、扉のロックが外れた音がする。開く。中では、天羽がスマホで警察と消防に通報をしていた。

「いつか怪我をするぞ」

世田はそう天羽に言うと、半倒壊している屋敷を見つめた。

元々は、二階建ての鉄筋コンクリート家屋。全面コンクリート打ちっぱなしの外壁は、二階部分がネオブラックで、一階はコンクリートの質感をだしたウォーム・グレーだった。プライバシーやセキュリティを考慮しているのか、一階に大きな開口部はなく、代わりに二階に窓を広く取っていたようだ。今は、窓ガラスはすべて砕け散り、そこから黒煙が上っている。ムッとする熱気。煙の臭い。この世で最も嫌な記憶が蘇る。渋谷ハチ公前広場。熱気。煙。放射状に広がるアスファルトの亀裂と、大勢の死体が脳裏に浮かぶ。慌てて頭を振る。目の前の事件に集中しろ。

「世田さん！　こっちです！」

天羽の声がする。建物の左手には水平ルーバーで囲まれたバルコニーがあり、その下にはオープン・タイプのビルトイン・ガレージがあった。天羽はいつの間にかそのガレージに移動していて、中から世田に手招きをしている。キラキラと光る芝生の上を歩く。ジャリジャリと音が鳴る。キラキラは、すべて砕けたガラスのようだった。

「建築士の友達が言ってたんです。家を建てるならビルトイン・ガレージはおすすめ。ただし、入り口は空き巣に狙われやすいから、ちゃんと防犯対策はしてねって」

そう言う天羽の手には、既に巨大なペンチが握られていた。足元には、蓋が開いたままの作業ケース。ガレージの入り口は、全面ガラス張りのドアで、その向こうにはリビングが見えた。

「リビングから愛車を眺められるってわけですよ。セレブですよね」

言い終わると同時に、天羽はペンチを振り上げガラスを破った。

「普段なら警報が鳴るんでしょうけど……今日はセーフみたいです」

ガレージに付いている小型シンクの蛇口を捻《ひね》り、ポケットから取り出した布を手早く濡らす。それから、枠に残るガラスの破片を物ともせずに、天羽は中に入って行く。世田もそれに続いた。

リビングの床は大理石で、壁と天井は外壁と同じウォーム・グレーのコンクリート打ちっぱなしだった。天井の一部が四角く切り取られ、そこに向かって螺旋《らせん》のスチール階段が伸びている。

天羽は世田に濡れたハンカチを手渡し、自分は濡れたマスクを持つ。そして、それを装着する前にわざわざ世田に言ってきた。

「コンクリートは不燃性で、火や熱に強いという特性を持つ素材です。千度前後の高温の炎に一、二時間さらされても、燃え落ちることもないですから。家と家が近距離で密集している都会でも、火事が燃え移る危険性が低いんです。知ってましたか？」

世田もそのことは知っていたが、天羽は天羽で喋ることで恐怖と戦っているのだろう。

「知らなかったよ。ありがとう」と返事をした。それから、「真奈美ちゃん！　どこにいる！

真奈美ちゃん！」と大声で叫んだ。

　返事は、無い。

　三十畳ほどのリビング。大きな地震に見舞われた後のように物が散乱している。額縁は落下し、ライトスタンドは転がり、白いアップライト・ピアノはうつ伏せに倒れている。左側の壁には、沿うように並んだ白い革張りのソファ。ローテーブルは位置がおかしく、サイド・テーブルの一つはひっくり返っていて、そこに倒れたピアノが頭を乗せている。

「誰か！　誰かいませんか！」

　天羽も叫ぶ。

「ご家族だっていたはずですよね？　子供部屋とかは、二階ですかね……」

　天羽は、螺旋階段を登って二階に行こうとする。世田は、まさかなと思いつつ床に這いつくばってみた。

「！　天羽！」

　世田が叫ぶ。

「いたぞ！　ここだ！」

「え？　どこに？」

　天羽がすぐに戻ってくる。世田が指差したのはピアノの下。サイド・テーブルのお陰でできた空間に、真奈美が挟まっている。世田はピアノに飛びつき、それを持ち上げようとしたが、彼ひとりの腕力ではピアノはビクともしなかった。

「あそこのライトスタンドを挟め！」

天羽が言われた通りにする。サイド・テーブルを支点にしたテコの原理で、ピアノを持ち上げようというのだ。が、アップライト・ピアノは二百キログラム以上の重さがあり、鉄製のライトスタンドは大きくたわみ、今にも折れそうだ。

「引っぱりだせ！」

世田がライトスタンドを全力で押し、天羽は真奈美の両足をつかんで手前に引っ張った。動かない。

「もう少し！　世田さん！」

スタンドを押し下げる世田の顔から汗がこぼれる。ズズッ、ズズッと、真奈美の体が少しずつ現れる。腰、胸、そして顔……。

「世田さん！」

そこでようやく、真奈美の体が全部出た。直後にスタンドが折れ、大理石の床に叩きつけられたピアノが大きな音を立てた。真奈美の手から大量の血が流れている。右腕だ。両目を閉じた真奈美の頬を叩く。反応は無い。耳元で「真奈美ちゃん！　大丈夫か！」と叫ぶ。やはり反応は無い。首筋を触ると、微かに脈が振れた。

「出血性ショック？」

と、天羽。

「とにかく、安全なところへ！」

世田は真奈美を横向きに抱えた。天羽は先に立ち、床に散乱している物を片端から蹴飛ばして道を開け、玄関に向かった。遠くから、消防車とパトカーのサイレンが聞こえてきた。その中に救急車も既にいてくれると良いのだが。世田は急ぐ。天羽が開けてくれた玄関のドアから外に出る。玄関を抜けた先、門扉までレンガ造りの小路が続いていて、その周りには美しい芝生が広がっている。その途中で、先に家を飛び出した天羽が急に固まった。何かから不自然なまでに顔を横に背け、ショックに耐えている。

「どうした、天羽！」

真奈美を抱えたままで、世田は叫んだ。レンガの小路と芝生の境目に、何かのかたまりが落ちているように見えた。だが、天羽が陰になりきちんとは見えない。

「どうした！」

「子供が落ちてます……」

「え？」

「でも、明らかに死んでいます。もう絶対に助かりません」

天羽は再び走り出した。死んでいる人間より、まだ生きている人間のために動いている。世田も真奈美を抱えたまま続く。チラリと子供の死体が見えた。

「！」

下半身が、無い。

左腕も、無い。

そして顔が……なんと、世田が知っている顔だった。

昨日、見た顔だ。

聞き込みに行った、南高輪小学校の図書室で。

殺された秋山玲子が担任のクラスの子供。

有名芸能人を両親に持つ子供。

「相沢……愛音……くん？」

門扉の外から、天羽がすぐに戻ってきた。

「世田さん！　救急車、来てます」

天羽のすぐ後ろから、担架を抱えた消防隊員が来た。真奈美を素早く乗せ、止血をしながら外に連れ出す。一緒に出る。消防車が放水の準備を進めている。真奈美は救急車の中に。

「自分も一緒に行きます」

そう言って、世田も救急車に一緒に乗り込んだ。

「あなた、警察関係者ですよね？　現場の捜索は良いのですか？」

「自分は高輪署の人間ではないんです。それに……」

その人は、大切な友人なんです……その言葉は、なぜか飲み込んでしまった。

救急車はすぐに発車した。

3

下馬四丁目で発生した轢き逃げ死亡事件。現場に駆けつけた村井に、下馬署刑事課の堀口という係長から折り返し連絡が来た。

「ただの死亡事故じゃないのか？」

「はい。目撃者の証言によると、故意に三回、轢いています」

「すぐ鑑識係がそっちに着くから、それまで現場を保全するように」

「はい」

「加害者は現場には戻って来ていないんだな？」

「はい」

「そうか」

堀口は、そこで少し思案をしたようだった。

「鑑識と一緒に刑事も送る。彼らが到着したら、君たちも現場周辺の防犯カメラ映像の収集に協力してもらいたい。君らの報告が正しいなら、それは殺人事件だからね」

およそ十分から十五分のうちに、鑑識、刑事、そして近隣の他の交番の制服警官たちも続々と現場に到着した。鑑識は遺留物の捜索を、刑事たちは改めて目撃者の事情聴取を、制服警官のうち四名は現場の野次馬たちの整理を、村井と高田を含む他の人員は手分けして現場周辺の捜査に移った。

事件現場は一方通行の通りが多く、よほどの土地勘が無い限り、脇道には入らず大通りまで直進するのではないか。大通りには中央分離帯があり、右折は出来ない。左折すると、すぐの場所にコンビニがある。まずはそのコンビニの防犯カメラ映像をチェックしてみようとそう村井と高田は考えた。パトカーでわずか三分。目的のコンビニに到着したふたりは、サイレンを鳴らしたままパトカーを駐車場に停めた。店のロゴが入った庇の下には、両端と中央に防犯カメラが付いている。

「この店の責任者の方、呼んでもらって良いですか？」

店内のレジ担当の従業員に、丁寧な口調で頼んだ。レジ担当の従業員は名札の脇に若葉マークを付けていて、死んだ被害者と年齢はあまり変わらないように見えた。すぐに店の奥から同じ制服姿の中年の男性が出てきた。彼は、自分が店長ですと自己紹介をした。

「実は、近くで轢き逃げ事件がありまして、こちらのお店の防犯カメラの映像をちょっと確認させてほしいんです」

「今すぐ、ですか？」

「はい」

「わかりました。奥へどうぞ」

村井と高田は、店長の案内で店奥の貯蔵庫兼休憩室に通された。この店の防犯カメラ映像は店内の小さなモニターで常時表示されており、同時に、ハードディスク・レコーダーに直近四十八時間分の映像が録画される仕様になっていた。

「お忙しいところすみません。ご協力ありがとうございます」

そう村井が言うと、店長は小声で、「いえいえ。国民の義務ですから」と言った。レコーダーをノートパソコンと接続する。

「見たいのは、今から何分くらい前の映像ですか？」

「二十分から三十分くらい前の映像を」

「何をお探しですか？」

「白のミニバンです」

四倍速で巻き戻す。モニターの中を、乗用車やトラックが次々と通り過ぎて行く。

「ん？　それかも！」

高田が声を出す。店長が再生を一時停止にし、画面をズームする。白いミニバン。きっと映っているだろうと予想はしていたが、こんなにもすぐに発見できるとは！　ただ、何かがおかしい。

拡大する。車のナンバーが読み取れる。と同時に、運転席と助手席の様子もしっかりと判別が出来た。

「!」

運転席に、監原ベルトがいた。『ツリー・ブランチ』の主人公。日本の陰の総理とも言われる男の指令を受け、非合法の治安維持活動に活躍するハードボイルドの男。そして、その横には、ヒロインの夕張マカ。この車のドライバーとナビゲーターは、『ツリー・ブランチ』の登場人物を模した、フル・フェイスのシリコン・マスクを被っていた。

何のために?

それはもちろん、自分たちの顔を隠すために。身元を隠すために。彼らは、警察がこうして防犯カメラの映像を捜査することを予期していた。

(つまりこれは、単なる衝動的な殺人事件じゃない……)

村井は慄然とした。

これは、計画殺人だったのだ。

4

高梨真奈美は、救急車で中野にある東京警察病院に搬送された。世田は何度か救急車の中で真奈美の名前を呼んだが、彼女の瞼は動かなかった。点滴を入れ終え、彼女のバイタルサインや瞳孔を確認していた救急隊員が、「頭はぶつけてますか?」と、世田に尋ねた。

「倒れてきたピアノの隙間に倒れていたんです、ぶつけているかもしれません」

「そうですか。脳出血か血腫の可能性もあるか……CTを撮ってみないとわからないけれど」

後半は、独り言だった。もう片方の救急隊員は、出血が続いている真奈美の右腕を肩の付け根で止血し、シーネという細い板と包帯で素早く固定した。包帯の先から見える真奈美の四本の指は、変色してずっと真っ黒のままだった。

病院の緊急搬送口に着く。白衣姿のスタッフが既に待機していた。救急車からストレッチャーへ。世田も真奈美の乗るストレッチャーと一緒に走り、手術室の前まで来た。その世田に、青い手術用スクラブを着た医者が話しかけてきた。

「高梨真奈美さんの付き添いの方ですね? ご家族ですか?」

「いえ、友人です」

「そうですか。これから手術になります。最悪の事態も考えられますので、ご家族への連絡をお願いしてもよいですか?」

「わかりました」

医者はそれ以上余計なことは言わなかった。それがより一層、真奈美の命の危険を世田に感じさせた。

病院の中庭に出て、泉へ電話をかける。

「お疲れ様です。飲み直しの件ですか？」

泉の声が、いつもより明るく聞こえた。

「泉、おまえいま、どこにいる？」

「？　池袋署ですよ？」

「今日、高輪の民家で、爆発があった」

「爆発？」

「俺は、捜査でその家の目の前にいた。そこで、たまたま、真奈美ちゃんに会った」

「は？」

「俺は無事だったが、彼女は巻き込まれた。今、中野の警察病院だ。真奈美ちゃん、手術を受けている。医者に家族を呼ぶようにと言われたんだが、俺はおまえの番号しか知らないから……」

「真奈美は、怪我をしたんですか？」

「そうだ」

「手術って……重傷なんですか？」

「……そうだ」

泉が電話の向こうで黙り込んだ。もっと詳しい情報を彼に伝えたかったが、それ以上のことは世田も何もわかっていなかった。

「すぐに、そっちに行きます」

やがて泉はそれだけ言い、電話は切れた。


手術室の前に戻り、近くにあった長椅子に座った。いったい今何が起きているのか。状況を整理したかったが、情報が少な過ぎる。

庭に転がっていた子供の死体。あれはおそらく、二階から爆風で吹き飛ばされたものだろう。

あれは、相沢愛音に見えた。

だが、なぜ彼があの家に？

秋山玲子が殺され、次に、その担任クラスの子供が爆死した？　それは、何か関係があるのか？　たとえばＳＮＳで話題になっていたという染谷准一の炎上や、『アイコ』というスマホの爆破アプリは関係があるのだろうか？


平日の夕方、東京の幹線道路はそれなりに混むはずだが、泉は三十分もしないうちに中野の警察病院に現れた。もしかしたら、署の車のサイレンを鳴らしたのかも、と思ったが、世田は尋ねなかった。

「手術は、まだ続いてるんですか？」

泉は低い声で訊いてきた。

「まだ続いている」

世田はそれだけ答えた。長椅子にドサリと泉は座り、両手で頭を抱えた。そのまま、しばらくじっと黙っていたが、やがて世田の方を向いて言った。

「ここは自分がいるので、世田さんは署に戻ってもらって大丈夫ですよ」

「いや、俺の勤務は今日は終わりだ。『働き方改革』の真っ最中だからな。手術が終わるまで一緒にいるよ」

内ポケットの中で世田のスマホが振動した。天羽からの「コールバックよろしく」というショート・メッセージだった。立ち上がり、また中庭まで移動してからかけ直す。天羽はワン・コールで電話に出た。

「彼女の容態はどうですか？」

挨拶は一切抜きで天羽は訊いてくる。

「まだわからん。まだ手術中だ。そっちはどうだ？」

「あのあと、駆け付けて来た高輪署の刑事と話をして、個人的な連絡先も交換しましたよ」

「あの現場でか？」

「情報は多ければ多いほど良いですからね」

「で？」

「死亡したのは、父親の染谷准一さんと、一人息子の祐矢くんでほぼ間違いないそうです」

「え？　あの庭の遺体は？」

「あれが、高輪署の捜査員によると、染谷祐矢くんだと」

「天羽。おまえは、あの子の顔は見たか？」

「おまえ呼びはやめてください。あの時は、ちょっとショックで見てないです。ただ、燃えずに残った家族写真とかがあってですね。それは見ました。似てますよね。ものすごく。昨日の男の子と」

「他人の空似だとでも言うのか？」

「さあ。でも、その辺りは、高輪署の司法解剖やＤＮＡ鑑定ではっきりすると思います。古谷さんからは、さっさと署に戻って来いという連絡がありました。今のところ、秋山玲子先生の事件と関係があるかどうかはわかりませんからね。うちはうちの捜査に集中して、爆発の件は高輪署に任せろと言われました」

「そうか」

「報告書は私が書いておくので、世田さん、直帰でも大丈夫ですよ」

「いや、手術が終わるまではここにいるつもりだ」

「え？　それってあとどのくらいですか？」

「わからん」

「ちょっと待ってください。そこにいるの、世田さんだけなんですか?」

「いや、彼女の交際相手には来てもらった」

「なら世田さんはもう不要じゃないですか! 世田さん、家に十歳の甥っ子くんが待ってること、忘れていませんか?」

世田は答えに詰まった。未来のことは覚えていた。が、彼は留守番になれているし、ひとりの時間が苦にならないタイプに思えたので、今日のような日は帰りが遅くなっても良いだろうと世田は考えていた。

「なんですか、その自分本位の考え方は。世田さん、それってかなりのクソですよ」

天羽は吐き捨てるように言った。

「世田さんがそこにいて、何かの役に立ちますか? 手術が成功する確率が上がりますか? 一%も上がりませんよね? それってただの自己満足ですよね? でもでも、家で待っている十歳の甥っ子くんに出来ることはたくさんありますよね? 違いますか? どうですか? 私の言ってること、何かおかしいですか? 理解出来たら、さっさと部屋に帰って、未来くんと晩御飯を食べてください。あ、なんなら、一緒に銭湯とかどうですか? 男も女も、距離を縮めるにはまず裸からですよ。あとで錦糸町の銭湯のURL送るんで、とにかく世田さんはさっさと帰ってください! 帰らなかったら、私、キレますからね!」

一方的に天羽が話し、一方的に電話は切られた。

（世田さんがそこにいて、何かの役に立ちますか……か）

世田は、小さく笑った。何の役にも立たない。今日だけでは無い。世田が何かの役に立ったことなど、実はこれまで一回も無かったのではないかとすら思う。

（泉にはさっきああ言ったが……やはり、帰るか）

5

世田が廊下の角を曲がるまで、泉は見送った。それからまた、重い足取りで元いた場所まで戻る。手術室は、ガラスの自動ドアの向こうにあった。ドアの上の『手術室2』と『手術室3』のランプが点灯している。真奈美の手術室はどっちだ。今更だが、泉はそれも知らなかった。とにかく、どちらかだ。どちらかで、真奈美は今、戦っている。やがて『2』の灯が消えた。ドヤドヤと足音がして、中年のカップルに手を引かれた小さな男の子がやって来た。手術室の中から青い手術用のスクラブを着た医師が出てきた。

「永田さんのご家族ですか？　手術は無事に終わりました。少しリカバリー室にいてもらって、一時間後にはお部屋に戻れます」

そう誇らしげに報告をしている。

「ああ……ありがとうございます」

深く頭を下げる夫婦。

「せんせい、おばあちゃんのこと、ありがとう」

小さな男の子は親に頭を押され、事前に練習したような口調で言った。泉は、それらを少し離れた所から見ていた。

彼らが去る。

手術室のランプは『3』だけだ。その『3』という数字を、泉はじっと睨んでいる。ずっと睨んでいる。と、今度は、初老の女性が一人きりで来た。白髪の交じったショートヘアの。薄いブルーの半袖のTシャツ、デニムのロングスカートにヒールのないベージュの靴。肩からは、猫の顔が印刷された大きなショルダーバッグを提げている。

「ここ、手術室ですか？　あの、高梨真奈美さんは、この中に？」

女性が泉に尋ねる。真奈美の知り合いなのかと、泉は少し驚いた。

「真奈美の、知り合いなんですか？」

泉が真奈美と呼び捨てにしたので、女性は大きく目を見開いた。

「もしかして、大輝さん？」

「え？」

「真奈美ちゃんの彼氏の、大輝さん？」

「あ、はい。泉大輝です」

それを聞くと、女性は深々と泉に頭を下げた。

「私、伊藤文代と申します。染谷さんのお家で家政婦をしていまして……真奈美ちゃんが事故に巻き込まれたと聞いて、もう居ても立ってもいても居られなくて」

「……」

「真奈美ちゃんの様子はどうなんですか？　私、もう心配で心配で……」

そう訊かれても、泉は何の答えも持ち合わせていなかった。

「実は、僕にもわからないんです」

「え」

「……」

「なんでこんなことに。どうして真奈美ちゃん、染谷さんのお家に行ったのかしら。クビになってもう一週間も経つのに」

「え？　真奈美、家庭教師クビになってたんですか？」

「あら、ご存じなかったの？」

「はい、それはまた、どうして」

「バレたんですよ、祐矢くんと遊園地に行ったことが」

「は？」

予期せぬ方向に話が進み、泉はしばらく理解が追いつかなかった。文代の声には、じわじわと怒りのトーンが混じっていく。

「私も仕事柄いろんなご家庭にお邪魔しましたけど、染谷さんのお家は、なんて言うんでしょう。ちょっと変なんです。とっても教育熱心なくせに、それでいてどこか祐矢くん自身には興味が無いというか」

「ご両親が、ですか？」

「特にお父様ですかね。で、お母様の方は、祐矢くんがお父様の期待にきちんと応えているかどうかばかりを気にされていて。だからもう、毎日毎日、勉強漬け。中学受験の準備に、英語と中国語まで」

「中国語？　小学生に？」

「これからのビジネスマンは、英語だけじゃダメだって。中国語も絶対に必要だって。家庭教師だって三人も雇って」

「なるほど。そのうちの一人が真奈美だったんですね」

「そうなの。でも、真奈美ちゃんってとっても優しい子でしょう？　祐矢くんが疲れ切ってしまっているのが見てられなかったらしくて、それで、『たまにはこっそり遊園地でもどう？』って提案してくれて。私、すっごく感動してしまって、それで嘘のアリバイ作りに協力したんです」

「そうだったんですか」

「そうなの。でも、なぜかあっさりバレてしまって。真奈美ちゃんも私もクビになってしまって。それで、祐矢くん、ますます元気がなくなってしまったらしくて。だからきっと、祐矢くん、あんなことを……」

「……え？」

泉は、伊藤文代の言葉の最後に引っかかった。

「あんなことって、どんなことですか？」

「え？」

「あなたは、あの爆発は、祐矢くんが起こしたと思っているんですか？」

そう問い詰めると、相手の表情がサッと変わった。

「いえ。そんなつもりじゃないです。ごめんなさい。今のは聞かなかったことにしてください」

「それはできません。自分は警察官なので」

「！」

「伊藤さん。気になっていることがあるなら、どんな些細なことでも教えてほしいんです。訳もわからないまま爆発に巻き込まれるなんて、そんなこと、真奈美だってきっと耐えられないと思うんです」

「……」

文代はしばらく黙り込んでしまったが、泉が辛抱強く彼女を見つめていると、やがて、低い声で話し始めた。

「これは、本当は全然関係ないことかもしれないんです。私のただの誇大妄想かもしれないんです。それは、最初にお断りしておきますね」

「はい」

「実は私、最近祐矢くんが、妙な男と公園で話をしているのを見たんです」

「妙な男？」

「はい。三十になっているかいないかくらいの歳で、でも、絶対に普通の会社勤めの仕事の人って感じじゃないんです。髪をちょっと暗めの青色に染めていて、男のくせに、耳に星形のピアスとかしてて。私、びっくりしてしまって。もし恐喝だったらすぐに一一〇番しなきゃと思って、私、物陰から見てたんです。そしたら、男がなんか、このくらいの箱を祐矢くんに渡していて、祐矢くん、その中身を確認してから今度は祐矢くんが封筒を男に渡してました」

「封筒？」

「お金、だと思います。祐矢くん、男から何かを買ってたんです」

「……」

このくらい、と言って、文代は三十センチ四方くらいの大きさを両手で示した。それの中にはいったい何が入っていたのだろう。そもそも小学生が、公園で怪しい大人から直接買う物とはいったい何だろうか。

「今、思うと、あれってもしかして……」

文代はそこまで言ってから、急に言い淀んだ。話の流れからすると、

(あれってもしかして……爆弾の材料だったのでは……)

としか、泉には思えなかった。しかし、まさか。男の子はまだ小学生だ。それが、爆弾？　生きるのがつらくて、大嫌いな家を爆破して自分も死ぬ？　いや、さすがにそれはあまりにも現実離れした想像のような気がした。しかし、その想像がハズレなら、男の子は何を買ったのか。そもそもなぜ、そんな怪しい男を雇える金があるのか。そんな怪しい男と、まだ小学生の男の子がどうやって繋がるのか？　と、文代は、泉の想定外の言葉を続けた。

「それで私、思い切って、そのままその男の後をつけたんです」

「え？　お一人で男の身元を突き止めたんですか？」

思わぬ彼女の行動力に、泉は身を乗り出した。

「いえ。完全にはわからなかったです。その男、新宿に行って、歌舞伎町の奥の方にどんどん歩いて行って。警察の方ならご存じでしょうけど、あの辺り、今、とっても雰囲気が怖いじゃないですか。それで、途中で諦めてしまいました」

「そうでしたか……」

文代の話は、それで終わりだった。泉は頭を激しく振り、それからもう一度、手術室の方を見上げた。

手術室の灯は、まだ点いたままだった。

6

その後しばらく、泉は文代とふたりで手術室前の長椅子に座っていた。座りながら、泉は必死に考え続けていた。何かを買った少年。何かを売った男。爆発した家。買った少年は死んだ。売った男は生きている。家政婦が後をつけた。男。新宿。新宿の歌舞伎町……

「あの。伊藤さんは、今日は何時まで大丈夫なんですか？」

泉は文代に尋ねた。

「何時まで、この病院にいられます？」

「あ……私は、真奈美ちゃんと会えるまではずっといるつもりです。今は仕事もしてないですし。ひとり暮らしなんで、時間も自由になるんです」

「そうですか。あの、もしお嫌でなければ、携帯番号を交換していただいても良いですか？」

「え？」

「真奈美の手術が終わったら、電話で教えてほしいんです。俺、すぐに戻ってきますから」

「あ、はい。それはもちろん構いませんけれど」

手術中の恋人を置いてどこに行くのですか?とは、文代は訊いてこなかった。携帯番号を交換して病院の外へ。駐車場に停めていた黒いセダンの警察車両に乗り込み、泉は新宿を目指した。

自分は、手術の役には立てない。

しかし、刑事としてなら、出来ることはある。真奈美をあんな目に遭わせたやつを捕まえる。捕まえて、罪を償わせる。

(冷静になれ)

ふと、ドアごと吹っ飛ばされた過去の記憶が蘇る。

(冷静になれ。冷静に、怒れ)

そう自分に言い聞かせながら、泉はアクセルを踏む。中野から新宿はあっという間だった。歌舞伎町一丁目のコイン・パーキングに車を停める。右折して歌舞伎町一番街に入る。狭くて薄暗い路地の両側には、背の低い木造の店舗がびっしりと並んでいる。灯の点いた立て看板と酔っぱらい。放置自転車。耳に山ほどピアスを付けた若い男が、泉の正面に歩いてきたが、彼の顔を見てすぐに脇に避《よ》けた。そういえば、このすぐ近くに「山本心療内科クリニック」がある。靖国通り沿いのペンシルビルの五階。泉が真奈美と出会った場所だ。

あの日、受付を済ませてクリニックの待合室に座った途端、尿意が来た。泉はあの事件以来、外での水分摂取を極力避けている。それでも人間は最低限の水分は摂取しないと生きていけないし、飲めばいつかは出さなければならない。

待合室を出て、廊下を挟んだ先がトイレであることは知っていた。向かう。

トイレは空いている。

だが、ドアノブに手を伸ばしたところでフラッシュ・バックが来た。

五反田のウィークリー・マンション。ドアノブを手前に引いた瞬間に爆発した。その後のことは覚えていない。次の記憶は病院のベッドの上だ。最初は後遺症無しと診断されたが、それは誤りだった。身体機能は回復したが、心が壊れたままだった。

ドアノブに手を伸ばしたまま、泉は硬直してしまう。クリニックの看護師に助けを求めるのは簡単だが、それでは負け犬になった気がする。恐怖に勝ち、このドアを開けたい。そう思った。が、出来ない。どれだけ強く思っても出来ない。思うほどに恐怖も強くなり、やがて泉は立ったまま失禁した。涙も一緒に出た。泣きながら、自分が作った尿の水溜りにへなへなと座り込んだ時、背後から女性の声がした。

「大丈夫ですか?」

何度か待合室で見かけたことのある女性だった。それまで会話をしたことは無かったが、彼女も渋谷の事件の被害者で、PTSDの治療のために通っていることは泉も知っていた。女性は、泉を支えて立ち上がらせ、トイレのドアを開けた。

「ちょっと、この中で待っていてください。鍵はかけられるでしょ？　私が戻ってきたらまた開けてくださいね」

そう言って、女性は立ち去った。泉は言われるがままにトイレに鍵をかけ、尿で汚れたズボンのまま、じっと便器の脇に立っていた。何かをきちんと考えることが出来なかった。

何分後だったろうか。さっきの女性がドアをノックした。解錠すると彼女の方でドアを開けてくれた。

「とりあえず、タオルとTシャツと半ズボンとサンダル。あとパンツね。適当に選んだから、センスがどうとかみたいなクレームは受け付けません」

女性は肩で息をしながら、ドン・キホーテのビニール袋を差し出して、明るくテキパキした声で言った。

「着替え終わったらノックしてください。私がまた外からドアを開けますから」

その女性が、高梨真奈美だった。彼女の恋人になれたのは、それから二ヶ月後だ。

文代の話から、泉は捜索対象の男をホストかそれに近い職業と想像していた。歌舞伎町にはホストクラブの紹介所というものがある。一軒一軒店を回るより紹介所を使う方が効率は良いだろう。地図アプリで検索し、現在地に最も近い紹介所に行く。三十代と思しき女性二人組が、黒いスーツを着た金髪の男と中から出てきた。自動ドアが閉まる前に、サッと体を泉は中に入れた。

六畳くらいしかない狭い店内の壁に、ホストクラブのチラシがべたべたと貼られている。奥のカウンターに黒いTシャツ姿の若い男が座っている。

「あー、すみません。ウチね、風俗の紹介はやってないんですよ。ここは女性専用のホストクラブ紹介所なんでね。もし風俗を探してるんなら、ここ出て右に百メートル行ってください」

と泉を見て言ってきた。

「探しているホストがいる。俺と同じくらいの歳で、暗い青色の髪で、耳に星形のピアスをしている。心当たりある？」

「は？」

「おまえ、耳が悪いのか？　俺と同じくらいの歳で、暗い青色の髪で、耳に星形のピアスだ」

「あんた、何言ってんだ？」

黒のTシャツ男が、泉を睨《ね》めつけながらカウンターから出てきた。細身だが腕にはそこそこの筋肉がある。おそらく喧嘩自慢のタイプだろう。

「ありがとう。こっちに出てきてほしいと思ってたんだ」

泉が言う。

「ああん？」

そう黒のTシャツ男が凄んだ瞬間、泉は男の股間を蹴り上げた。

「！」

激痛で、相手が体をくの字に折る。そうして近くなった相手の髪を泉は両手で摑んで押し下げ、膝蹴りを男の鼻にぶち当てた。

グシャリと鼻が潰れる感触。男が大きな悲鳴をあげる。泉は次に相手の顔面をカウンターに叩きつけてから、先ほどと同じ質問をした。

「探しているホストがいる。俺と同じくらいの歳で、暗い青色の髪で、耳に星形のピアスだ」

「し、知りません」

相手の言葉遣いが敬語に戻った。

「なら、探せ。探して俺に紹介しろ。ここは紹介所なんだろう？」

と、カウンターの後ろの暖簾《のれん》が開き、大柄でより危険な匂いのする男が出てきた。元格闘家、という雰囲気だった。

「おい！　おまえ、何してるんだ？」

「ホストを探してる」

「はあ？」

「俺と同じくらいの歳で、暗い青色の髪で、耳に星形のピアスだ。紹介しろ」

「……」

次は、さっきのような不意打ちは成功しないだろう。だがそれでも、泉は恐怖を感じていなかった。向こう側の見えないドアと、真奈美が死ぬかもしれないこと以外、今の泉には怖いものは無かった。

しかし、相手は泉に手を出してこなかった。しげしげと泉の顔を見て、それから「あんた、世田さんの相棒の刑事じゃねえか？」と訊いてきた。

「え？」

「やっぱりそうか。何年振りだ？　相変わらず、ムチャする兄ちゃんだなおい」

泉も、じっと男を見る。言われてみると、見覚えのある顔だ。

「桑島《くわしま》だよ。桑島。世田さんと飲んだ時、あんたも『じゃあ一杯だけ』って言って、ビール飲んでったろ？」

「ああ。あの時の！」

桑島は元はボクサーで、初対面の時は池袋で風俗系の店の用心棒をしていた。渋谷の事件の時、入院してしまった泉の代わりに、世田の用心棒役として一緒に行動してくれたと後で聞いた。まさか、新宿に移っているとは思わなかった。

「あんた、ええと、ええと」

「泉です。お久しぶりです」

「そうだ。泉サンだ。世田さん元気かい？」

「はい。元気です。あとその……この人、すみません」

泉は、鼻血を出してうずくまっている黒いTシャツの男を見ながら言った。

「いいよ、いいよ。こういう商売ではさ、弱いやつが悪いんだ。気にすんな」

そう言いながら桑島はポケットから一万円札を出し、それを黒いTシャツの男に投げて顎をしゃくった。男はそれを拾って出て行った。おそらくその金で病院に行くのだろう。

「ところで泉サン。歌舞伎町にはホストクラブが三百軒以上あるんだ。所属のホストは何千人いるかな。髪の色とピアスの形だけで探すのは、なかなか大変だと思うよ」

「ほう」

「どれだけ大変でも、探さなければいけないんです」

「……」

「金、かかるよ」

「見つけてくださるのなら、いくらでも」

「ほう」

桑島は、もう一度、しげしげと泉の顔を眺めていたが、やがて「ふん」と鼻から息を出した。

「なんか、訳ありらしいね。了解した。出来るかどうかはわからないけど、探すだけは探してみるよ」

「ありがとうございます」

「ま、困った時は助け合いだよ。いつか俺が困った時は、泉サン、ちゃんと助けてくれよな」

桑島は有言実行の男だった。自分の子分格の男たちに電話し、その子分格が更に自分の子分格に電話をし、その子分格がまた周囲の人間に電話をした。

暗い青色の髪で、耳に星形のピアス。

その男の情報が泉に届くまで、わずか十五時間しか掛からなかった。

男の名前は白崎翔太《しらさきしょうた》。

ホストではなく、「ペール・バイオレット」というサパー・クラブで働くバーテンダーだった。

7

世田がマンションに戻ると、未来は買ったばかりのソファに座り、熱心にタブレットで漫画を読んでいた。『ツリー・ブランチ』。

「そろそろ連載に追いつくのか？」

と世田が訊くと、

「もうとっくに追いついて、今これ、13巻。理解不能過ぎて、最初から読み直してる」

と、未来は返事をした。

「そうか。へぇ」

特に意味の無い返事をする世田。タブレットから顔を上げない未来。せっかく急いで帰って来たのに、ふたりには共通の話題が乏しかった。そこで世田は、天羽の勧めに従うことにした。

「あのさ、未来、飯の前に銭湯に行かないか？」

「え？　僕、もうシャワー借りたけど？」

「シャワーと湯船は違うだろう？　未来は銭湯に行ったことはあるのか？」

「ないけど。別に家のお風呂でじゅうぶんだし」

「俺も初めて行く銭湯だけど、ここはサウナと水風呂もあるらしいぞ。ちゃんと温泉みたいだし」

一応、出来る限りのプレゼンはしてみたが、たぶん、未来は行かないだろうと思っていた。天羽には明日、「きちんと誘ったんだけどな」と言い訳をしよう。そんなことも思っていた。が、世田の予想に反して、未来はタブレットをオフにし、ヒョイっと身軽に立ち上がった。

「じゃ、行こっか、おじさん」


天羽が送ってきたURLの地図を見ながら、世田と未来は並んで歩く。着替えだけでいいと言ったのに、未来はウエスト・ポーチを腰に巻いている。通りの間からは、青くライト・アップされたスカイツリー。それを眺めながら、ふたりは会話もなく歩いた。

その銭湯は、世田のマンションから徒歩できっちり十分の距離だった。三階建てのマンションと、テナントの入ったペンシルビルに挟まれて建つ、昔ながらの平屋の銭湯。屋根と庇は瓦造り。白い外壁と窓の黒い木枠も、なかなかの風情を醸し出していた。鶴亀湯という名入の紺色の暖簾をくぐり、世田と未来は中に入った。玄関の床は水色のタイルで、上《あ》がり框《かまち》とその先の廊下はつやつやにワックスを塗ったえんじ色の床だった。靴を脱ぎ、床と同じ色の靴箱にそれを入れる。廊下の先のガラスの引き戸を開けると、そこは売店と休憩室。入湯料を支払って振り返ると、未来はマッサージ機やアイスの入った冷蔵庫を物珍しそうに見ていた。

「おい、行くぞ」

脱衣室は、いい具合に人が入っていた。湯から上がったばかりでまだ体から湯気をあげている老人。筋肉質な日焼けを見せつけているブルーカラーの若者。床置きの扇風機の前で、でっぷりと太った体に風を当て続けている中年。世田は、二つ並んだ脱衣籠を見つけて未来に手招きした。見ると未来は、貴重品ロッカーにウエスト・ポーチを突っ込んでいる。

「ずいぶん厳重だな、未来」

と世田が声をかけると、

「おじさんもちゃんと入れた方がいいよ。おじさんが刑事だって、泥棒は知らないからね」

と、未来は芝居がかった小声で言った。

それから、少し緊張した表情で服を脱ぐ。そして、ふと、壁に貼ってある「入浴の手順」と書かれた紙に気がつき、真剣な表情で読み始めた。思わず、世田は笑ってしまう。そんな世田に、

「笑うなんて失礼だよ」と未来は口を尖らせ、読むのは中断して風呂場に入って行った。世田も続く。中は典型的な昭和レトロな銭湯だった。大きな浴槽に、壁いっぱいの富士山の絵。浴槽の中では、誰も彼もが頭にタオルを乗せている。

未来がかけ湯もせずに入ろうとするので、注意をする。

「先にかけ湯だ」

「かけ湯って?」

「マナーとして、体を先に軽く洗うんだ。未来はもしかして、温泉も行ったことがないのか?」

「うん。あの人たちは忙しいが口癖だからね。どっちがより忙しいか、ずっと競争してるんだ。子供と温泉なんて、行くわけないじゃん」

「……なるほど」

子供と風呂に入らない親と、その親を「あの人たち」と呼ぶ子供。世田は、もし元義妹夫婦に会う機会があったら、たまには家族旅行くらい行けと助言したい気持ちになった。

かけ湯のやり方を教え、それから一緒に浴槽に浸かる。のぼせる前に上がり、ふたり並んで頭を洗う。未来はやや小柄で、顔も小さめだったので、その頭に巨大なシャンプーの泡が出来た様子がとても可愛かった。言葉遣いはませているが、やはり子供は子供だなと世田は思った。タオルを石鹼で泡立て、世田はそれを未来の背中にあてた。

「うわっ、何?」

「背中を流してやるよ」

「流す?」

「洗うことだよ。背中は自分で洗いにくいだろう? だから、家族はお互いの背中を流すのさ」

言いながら、ゴシゴシと未来の背中を擦る。未来はくすぐったそうに身を捩《よじ》り、そして大きな声で笑い始めた。

「どうした?」

「だっておじさん! マジくすぐったいって!」

未来は笑い続ける。向かい側に座っていた痩せぎすの老人が、「仲が良くて良いねぇ」と、目を細めた。

のんびり、一時間ほど入っただろうか。その間、ずっと未来は笑顔だった。着替えを済ませ、休憩室に出たところで、珍しく未来の方からリクエストがきた。

「牛乳、飲みたい」

「いいねえ。風呂上がりはやっぱり瓶の牛乳だよな」

世田はガラス張りの冷蔵庫から牛乳を二本取り出し、受付でお金を払った。未来は貴重品ロッカーから取り出してきたウエスト・ポーチに、丸めた下着をしまっている。何が楽しいのか、まだ笑っている。世田は、銭湯を勧めてくれた天羽には感謝だなと思った。裸と裸の付き合いは、今の世の中でもまだ有効のようだ。

「ほら」

と、牛乳瓶を未来に差し出す。

「ありがとう」

と、そこで、後ろにいた太った老人と未来の肘がぶつかり、ウエスト・ポーチの中身が床にバサッと落ちた。

「全く、笑ってばっかりいるからだぞ」

世田は笑いながら、散らばった中身を拾うのを手伝った。

「？」

財布やスマホと一緒に、チケットが一枚落ちていた。

『ツリー・ブランチ　スペシャル・イベント@東京ドーム』

前にファミレスでその話をし、未来が「興味ない」と言い切ったイベントだった。

「これ……」

と、世田の手から、未来が機敏にチケットを取り返した。

「母さんがくれたんだよ。僕、興味ないって言ってるのにさ」

「そうだったのか」

「あれじゃないの？　心のどこかにやましさみたいなのも感じてるんじゃないの？　あの人たち、ふたりとも、時々こういう余計なお世話をするんだ。くだらないよね」

言いながら、そのチケットをウエスト・ポーチに捻じ込む。笑顔は既に消えていた。

「親がガキだと、子供の方が大変だな」

牛乳瓶の紙の蓋を開けながら、世田が言う。

「そうなんだよ。おじさんはわかってるよね」

生意気な口調で言いながら、未来も牛乳瓶の紙の蓋を開ける。ふたりはその瓶と瓶を当てて乾杯をした。グビグビと一気に飲み、それから世田は言った。

「未来、また来ような」

「うん。また連れてきてよ。約束だよ。僕、約束を守らないオトナは嫌いだからね」

そう、未来は言った。

「いいとも。約束だ」

言いながら、世田はポンと未来の肩を叩いた。未来との初めての約束。もう一度銭湯に行くというだけの約束。このくらいの約束は守れるに決まっている。その時の世田は、そう簡単に考えていた。

キーワードを入力する。

まず、ツリー・ブランチ。

これは、ネット上に無数の画像データが上がっているので、学習は極めて容易だ。

次に、東京ドーム。

こちらも、デジタルの写真データが無数にネット上にあるので、組み合わせは極めて容易だ。

爆弾。

ガラスの雨。

逃げ道が消える。

切断された体。

思いつく単語をどんどん入れていく。

壊れる世界。

天井が抜けて青空が広がる。

それは、新たな世界のメタファー。

途中、何度もエンター・キーをクリックする。都度、AIは一分程度で画像を生成する。

パラメーターを修正する。

リアリティのパラメーターを上げ、インパクトのパラメーターを上げ、色に関してはあまりビビッドにしないよう少し下げる。

それなりに満足のいく画像が出来たら、次はそれを動画に変換する。音声データの尺は既に決まっているので、その長さに動画を合わせていく。もちろん、自分では出来ない。自分は指示をするだけで、実際に動画化してくれるのもAIだ。

特殊なものではない。

指定のホームページに行き、支払い方法にPayPalかクレジットカードを指定し、プロ・アカウントを作成すれば、誰でも無制限の画像生成と月に二十時間までの動画生成が出来る。

クレジットカードは自分のものではないが、カードの名義人はよっぽど不自然な金額ではない限り、利用明細のチェックなどしないことを男は知っていた。

さあ、カウントダウンだ。

カウントダウン。

宣戦布告のカウントダウン。

今ある世界を壊し、新しい世界の登場を祝うカウントダウン。

と、画面の右上に、テレグラムからの通知がポップアップされた。黒いエルフと巨デブ男からのメッセージだ。ちなみに、なぜテレグラムかというと、メッセージのスクショがしづらいし（スクショをすると相手に通知が行くのでするとバレる）チャットの削除をすると、自分だけでなく相手の携帯やパソコンからもスレッドを削除してくれるからだ。

「明日の十九時に、チケットの受け取りをしたい」

「おまえの家の近くにマクドナルドあったよな？　そこでどう？」

マクドナルドは好きではなかったが、人の出入りが多く、それでいて長時間いても目立たないという意味では、待ち合わせ場所として良い選択ではある。

「り」

と打つと、自動で「了解」と変換されて返信される。

ふと、死んだ弟のことを考える。

自分にチケットの束を渡し、

「あとはよろしく」

と笑った。

クソ。

自分だけ勝手にラクな方に逃げやがって。

でも、責める気はない。

おめでとう、とすら言いたい。

おめでとう
君が、世界を変えるんだ。

声に出して、そう言ってみた。
悪くない。
そして、もうすぐだ。
自分も、すぐに弟に追いつける。
気を取り直し、動画作成の作業に戻る。
これから、二次元動画を更に3D化するのだ。
もちろん、それも、AIが。

第四章

1

翌朝、世田は出勤前に警察病院を訪ねた。昨夜から何度も泉に連絡を入れたが応答はなく、朝のニュースでも高梨真奈美は重体のままだった。

早朝だというのに、中野の警察病院の正面玄関前は、テレビカメラクルーや報道関係者でごった返していた。その脇を通って病院の中へ。直接ICUへ向かったが、真奈美は面会謝絶で外から顔を見ることもできなかった。手術は成功したらしいが、それ以上の情報は無い。

処置用のワゴンをガラガラと押して通りかかった看護師に尋ねる。

「すみません、泉大輝という男性はいませんでしたか」

「さあ、ちょっとわかりません」

「それでは高梨真奈美さんの家族は？」

「あの、もしかして、報道関係者の方ですか？」

看護師の顔が険しくなる。

「いえ。警察です。それと、高梨真奈美さんの友人でもあります」

そう言って、世田は警察手帳を見せた。

「ご両親がお昼前にはこちらに到着されるそうです。あ、それを夜勤の看護師に伝えた人が、もしかしてその方かも」

世田は看護師に礼を言って、その場を離れた。病院の外に出てもう一度泉の携帯に電話をかけたが、繋がらなかった。もしかしたら、真奈美の両親を迎えに行っているのかもしれない。それで運転中なのかもしれない。そんな風に考えることにして、世田は本所南署に向かった。


朝八時の刑事部屋。入った瞬間、なぜかラーメンの匂いが充満していた。

「何してるんだ、天羽」

既に出勤していた天羽は、不満そうに目の前のラーメン丼から顔を上げながら言った。

「質問の前に、朝はまずは『おはよう』ですよ。親しき中にも礼儀あり」

自慢のまつ毛にラーメンの汁が飛んで、朝陽にキラキラと光っている。

「おはよう、天羽。ところで、何をしてるんだ？」

丁寧に言い直す。

「実は、昨夜から、明日の朝は朝ラーするぞって決めてたんです。そういうこと、ありますよね？　とにかくずっとそれが食べたくて頭から離れないってやつ」

「俺はないな」

だが、天羽は世田の話を聞かず、三つあるうちのラーメンの丼をひとつ、世田の机に乗せた。

「これの店なんてね、朝の四時半から行列できるくらい美味しかったんですよ。だけど調子に乗ってチェーン店化してね、結果すっかり味が落ちてます。まだひと口しか食べてないけどドーゾドーゾ」

「いや、俺は未来と家でトースト食べてきた」

「トーストじゃ力出なくないですか？　まあ、遠慮せずに、ささ、どうぞ」

よく見ると、空の丼もあるが、そのすぐ脇には捜査資料があり、反対側のノートパソコンも立ち上がっている。

「なるほど。朝ラーは早朝出勤の言い訳か」

「いえ、違います。朝ラーがメインで捜査がついでです」

「そんなことを胸張って言うな」

「そういえば例の『未熟なスイカ』女……懲りずに新たな捨てアカ作ってくだらない呟きを垂れ流してますね。人間って、性根が卑しいやつは、ずっと卑しいままなんですね」

「なんで同一人物だってわかるんだ?」

『未熟なスイカ』、実はネット音痴なんですよ、IPアドレスが全部一緒なので即バレです。でもまあ、今回の事件には関わり無さそうですね。万が一を思って確認してみましたけど、こいつはただのクソでした」

「なるほど。容疑者が減るのは喜ばしいな」

「あ、あと、伊勢原英和のアリバイなんですけど、伊勢原の供述をもとにして、インスタのどっかに伊勢原が映り込んでたりしないかなーって今、探し中です。案外、時間と場所さえわかっていれば、これ、使える手なんですよ」

「ほう」

天羽は、ノリは軽いが、中身は案外、昭和時代のワーカホリックの刑事たちと近いのかもしれない。だから、コンビを組んでいてもあまりストレスを感じないのかもしれない。そんなことを世田は思った。

「ところで、世田さんはどうしてこんなに早く?」

「別に。たまたまだ」

「あー、高梨真奈美さんの病院に顔出したけれど、面会出来なかったんで時間が余ったんですね」

「……」

世田は、話題を変えることにした。

「今日の聞き込みの時、ついでに相沢愛音の家にも行って良いかな？」

「はい？」

「他人の空似っていうには、あの二人、あまりに似過ぎていると思うんだ」

「了解。じゃあ、もう出ましょう」

「え？」

「だいたい、相手が有名人や上級国民の時だけ捜査一課が担当とか、ムカつきますよね。そのくせ、所轄の私たちに敬語だけは使うでしょう？　敬語使っとけば所轄にも敬意は見せてるとか思ってるんですかね。ムカつきますよ。でも、私同様世田さんもムカついてたとわかって、史、幸せです」

「何を言ってるんだ。そんなこと俺は思っていない」

否定をしたが、それは天羽は聞いていなかった。

「古谷課長代理が来る前にさっさと出かけましょう。実を言うと、私、ちょっと課長代理も苦手なんですよ」

楽しそうに声を弾ませながら、天羽は席を立った。まるで、これからピクニックに行くと言われた子供のようだった。

相沢家に向かう車中、ふと世田は訊いてみた。

「天羽は、あの子の顔を見てないんだったよな？」

「はい。すみません。庭で死んでた子は見てません。思わず、顔、背《そむ》けてしまって」

「そうか……」

「でも、染谷祐矢くんの生前の写真とかは確認したんで、世田さんのおっしゃることはよくわかります」

「そうか……」


染谷邸とまではいかなかったが、西五反田にある相沢家も、芸能人の邸宅らしいゴージャスな作りだった。広い敷地をぐるりと囲む外壁はサーモンピンクで、建物は白を基調にしたレンガ造り。インターホンを鳴らすと、女性が出た。

「どちら様でしょうか」

「警察です。奥さまですか？」

世田はインターホンのカメラに向かって警察手帳を提示した。

「いえ、私は手伝いの者です。あと、警察の方なら昨日もういらっしゃいましたけど」

「追加でお伺いしたいことがありまして」

「……少々お待ちください」

それから五分後に、インターホンから「どうぞ」とさっきの女性の声がして、門扉が開いた。

応対したのは、目付きが少々キツめの若い女性だった。

「比呂子さんは十分だけならと仰っていますので、時間厳守でお願いしますね」

「あなたは？」

世田が尋ねる。家政婦のようには見えなかった。

「ただの仕事の関係者です。さ、こちらにどうぞ」

それ以上深く訊く必要を今は感じなかったので、言われるがままに素直に女性の後ろに従った。

玄関から廊下、そして地下に降りる階段。地下が相沢比呂子の自宅スタジオということだった。

階段の壁には額縁に入った家族写真やCM出演時のポスター、それとCDやアナログ・レコードが何枚も貼り付けられていた。何かの記念品らしいグッズもいくつか、ガラス・ケース入りで置かれている。家族写真の中の相沢愛音は、やはり、世田が染谷家の庭で見た死体の少年の顔と、とても良く似ていた。

仕事関係者という女が地下室の分厚いドア横のインターホンを押す。家の中にもインターホンがあるのを世田は初めて見た。すぐに、中からセミロングに色白の女性が顔を出した。

「散らかっていますが、どうぞ」

楽器や録音機材などが大量にある部屋に入る。相沢比呂子はもう四十を過ぎているらしいが、パッと見は三十代前半でも通りそうだ。ただ、顔に明らかな疲労の色があった。

「初めまして。本所南署の天羽と申します。こちらは世田です」

先に天羽が話し始めた。

「お話なら昨日すべてしたはずですが。私は、秋山玲子先生とは一度もお会いしたことはありません。主人もそうです。愛音はとても頭が良くて手もかからない子なので、私たちが学校に行かなければならないようなことは、今まで一度もありませんでしたから」

「でも、授業参観とかはありますでしょう?」

「秋山先生が担任になったのは今年からです。私は愛音が小学校一年生の時に一度行きましたけど、その時は担任は別の先生でした」

「そうですか」

「それに、この前の刑事さんにも言いましたが、私は今、とても忙しいんです。お引き受けしている楽曲制作が大詰めで一分一秒が惜しい状態で、事件が起きた日も、私、この家を一歩も出ていないんです。主人は映画の長期ロケで二週間前から地方に滞在中ですし、なので、何を質問されても何のお役にも立てないんです」

「なるほど。そうなんですね。ところで、お肌綺麗ですね。基礎化粧品は何をお使いですか?」

「は?」

「あー、すみません。なんか、比呂子さんがキリキリとされている雰囲気なので、ちょっと場を和《なご》ませられないかと」

初対面の芸能人をいきなり下の名前で呼び、その上で嫌味っぽいことを笑顔で言う。相変わらずユニークな女だと思いつつ、世田は質問する役を引き取った。

「突然ですが、レストラン・チェーンを経営されている染谷准一さんのことはご存じですよね？」

「え？」

「染谷さんのご自宅で昨日起きた爆発事件のことはご存じですか？」

「は？」

隣りから天羽が口を挟む。

「知らないんですか？　爆発事件ですよ？　白金にある染谷邸が爆発して、ネットもテレビも、今、この話題で持ちきりですよ」

「……私、本当に忙しいんです。テレビもスマホも全然観ていないんです。そろそろお帰りいただいても良いですか？」

相沢比呂子がそう言うと、隅に待機していた若い女性がサッと立ち上がって先ほどの分厚いドアを開けた。

「染谷さんがご経営のレストラン・チェーンのコマーシャルに、ご主人がご出演されたこと、ございましたよね？」

世田は少しだけ粘ることにした。

「そのコマーシャルの楽曲は奥様が手掛けられたとか。それをご縁に個人的なお付き合いとかも少しは有ったのではないですか？」

相沢比呂子はその質問には答えなかった。

「忙しいという私の言葉は聞いてくださらないんですか？　今日はもうお帰りください。今は締め切りの直前なんです」

今の段階で、これ以上粘ることは無理そうだった。世田が諦めて立ち上がった時、天羽が突然、黄色い声を出した。

「ああ！　もしかして、比呂子さんが、Dimpleの中の人ですか？」

「！」

相沢比呂子と、仕事関係者だという若い女性の表情が、同時に凍り付いた。

「Dimple?」

世田には聞き慣れない単語だった。

「昭和のオヤジは黙っててください」

天羽は世田の質問を一蹴してから、相沢比呂子に対してにっこりと笑顔を見せた。

「このスタジオの中、DimpleのこれまでのＣＤがたくさんありますね。地下に降りる階段のところには、Dimpleのレアなコラボ・グッズも飾ってあったし」

「それと捜査と何の関係があるんですか？　さっさと帰らないとあなたたちの上司にクレームを入れますよ！」

若い女性の方が剣呑《けんのん》な声を出した。

「すいません。ではこれで失礼します」

天羽が更に何かを言う前に、世田は頭を下げた。それでも天羽は、もう一つだけ質問をした。

「ところで、今、愛音くんはご在宅ですか？」

「愛音なら、友達と図書館に行くと言って出かけました。なので、いません」

「どこの図書館ですか？」

「知りません」

「あら、愛音くんはまだ小学生なのに、親御さん、行先を把握してないんですか？」

相沢比呂子の顔色が怒りでサッと変わった。

相手が怒る前に、世田がわざと怒気を含んだ声を出した。そして、天羽の腕を掴み、足早に地下スタジオを出た。

「天羽！」


外に出ると、ふたりは車に戻らず、徒歩で数分のところにあったコーヒー・チェーン店に入った。一番安いブレンド・コーヒーをふたつ注文し、一番奥の二人掛けテーブルに座る。

「Dimpleっていうのは、最近めっちゃ売れてる覆面アーティストのグループ名です。顔写真も経歴もすべて非公開だけど、メンバー全員が曲も作れて歌も最高っていう男性四人のグループです」

座るやいなや、天羽は熱く語り始めた。

「それがどうした」

「だ、か、らっ！　一人一人が最高のシンガー・ソング・ライターってところが素敵ってなってるのに、実は全然別の人間が裏で楽曲提供してたってことですよ。覆面の覆面？　覆面プラスゴーストト？　とにかく、それがバレたらDimpleのイメージはガタ落ちですよね」

「？　それと、今回の事件はどう関係してるんだ？」

「え？　そこは全然関係無いです」

「は？」

「私がショックだっただけです。私、芸術家っぽい男、タイプなんですよ。なのでSpotifyでもDimpleはフォローしてたし、何曲かファボってもいたんです」

「捜査中は事件に集中してくれ！」

そう世田が苦々しく言うと、天羽はまたしてもにっこりと笑顔を浮かべた。

「事件と関係があるのはグッズの方です。楽曲ではなく」

「？」

天羽は自分のスマホを操作して、見覚えのある画像データを開いて世田に見せた。

「これ、覚えてます？　錦糸公園で見つかったゲソ痕の写真です。世田さんが、子供のゲソ痕とコメントしたやつです。で、この靴底のここ、ここですよ。これ、ずっと何の模様なんだろうって私悩んでたんですけど、さっきわかりました」

慌てて目を細め、世田はその写真を見直した。三分の一ほどは消えてしまっているが、残りはそれなりにしっかり残っている。

「これ、まさか」

「はい。そのまさかです。これ、Dimpleがレアなグッズを出す時のロゴですよ。しかも、子供用サイズとなると超レア物のはずです。普通の人が、お店やネットで買えるものじゃないんです」

「！」

「あー。あの家を出る時、本当は玄関の靴箱を見たかったんですけどね。でもまあ、愛音くんは出かけてたし、てことは、この靴を履いて出かけてるだろうから、靴箱見ても収穫はきっと無かったですよね」

「……」

世田の予想外の方向に話が展開していた。西五反田に住む小学生が、錦糸町の公園を深夜に歩いていたなんてことがあるだろうか。まさか、秋山玲子を殺したのが、相沢愛音？　しかし、だとしたら動機は何だ？　子供が担任教師を殺す……それも、わざわざ彼女の帰り道を待ち伏せして殺す……そこまでする動機が世田には一つも思い浮かばなかった。相沢愛音は大人しい優等生タイプと聞いている。しかし、天羽が検索して見つけてきたDimpleのロゴは、錦糸公園で見つかった子供靴のゲソ痕に酷似している。

「あ。スニーカーの記事、見っけ」

天羽がネット検索をしながら楽しそうな声を出す。

「ミリオン・セラーを記念して、各サイズ百足限定で、Dimpleとナイキのコラボ・スニーカーを発売。一足、三十五万円！」

「さ、三十五万？　スニーカーが？」

「百足限定なら、今からでも誰が購入したのか全部追いかけられるんじゃないですか？　まあ、私は相沢愛音が履いているに百万ペリカ賭けますけど」

「とにかく、一度、捜査本部に戻って次の指示を貰おう。勝手な行動を怒られることは覚悟しておけよ」

コーヒーの残りを一気飲みして、世田は立ち上がった。と、その時、胸ポケットでスマホが振動した。画面を見ると、かつて渋谷署で一緒に働いた栗尾という男からの着信だった。

「もしもし」

電話に出ながら、店の外に出た。

「世田さん、お久しぶりです。栗尾です」

「おー。珍しいな。どうした？」

「実は、自分、今は異動して新宿なんですが、今日、傷害事件の現場に行ったんです。刃物で後ろからブスッとやられていて」

そこまで言って、栗尾は少し、その先を言い淀んだ。妙な雰囲気だった。そんなことをなぜわざわざ栗尾が電話で報告してくるのか、世田には想像が出来なかった。

「それで？」

少し待って、世田は尋ねる。

「その傷害事件がどうかしたのか？」

そこまで尋ねて、ようやく栗尾は先を話した。

「被害者が……泉なんです」

2

「被害者が……泉なんです」

「え？　泉？」

「はい」

「容体は？　ヤバいのか？」

「さあ。多分、死ぬことはないだろうって、救急車の兄ちゃんは言ってました。自分、病院には付いていってないので、その後のことはわかりません」

新宿で刺されたのなら、病院は中野の警察病院だろう。泉が真奈美に付いていないのが不思議だったが、まさか刺されて同じ病院に舞い戻ってくるとは。いったい何が起きているのか。

「一一〇番通報がありましてね」

栗尾が話を続ける。

「開店前のサパー・クラブで客が暴れてるって。店員が殺されそうになったんで、一緒にいた女がその暴れている客を後ろから刺したって。ヤクザがらみの縄張りとかミカジメとか、その手の話かと思って行ったら、なんと刺されてるのが泉なんですよ。ちなみに、白崎とかいうその店のバーテンは顔面がボッコボコで、こっちも下手したら死んでたかもですよ。これ、後々ヤバい問題になるかもしれないですね」

「泉はどうして新宿なんかに？」

「さあ。事情聴取はこれからなんで。刺した女の方もショックでヒステリー状態なもんで、今は彼女が落ち着くのを、じっと待ってるんです」

「刺した女は、その、泉にボコボコにされた店員の彼女か何かなのか？」

「そこなんですよ」

「？」

「世田さん。昨日、高輪で起きた爆発事件、知ってます？」

知ってるも何も、自分の目の前で起きた爆発事件だよ……一瞬そう言おうかと思ったが、やめておいた。

「爆発事件は知ってるが、それと何か関係があるのか？」

「泉を刺した女、名前は染谷依絵《よりえ》。高輪の爆発事故で死んだ父子の妻で母親です」

「！」

爆発事件が起きた時、准一の妻は家を留守にしていた。それが、何がどうなって新宿のサパー・クラブに……？

「栗尾。久しぶりに、飲まないか？」

「いいですよ。いつにします？」

「今夜」

電話の向こうで栗尾が一瞬黙る。が、すぐに返事は来た。

「了解です。その代わり、飲み代は世田さんの奢《おご》りですよ」

事件が連鎖している。

小学校の女性教師が、深夜の公園で殺された。

彼女は死ぬ直前、なぜかレストラン・チェーンのオーナー社長の携帯に電話をしていた。そのオーナー社長の家を訪ねたら、その家が爆発した。社長とその息子が死に、息子の元家庭教師が巻き込まれた。

死んだ息子は、なぜか、死んだ女性教師が受け持つクラスの男子の一人と顔がそっくりだ。その少年は、一足三十五万円もするとても希少なスニーカーを履いている可能性があり、そのスニーカーの靴跡が、女性教師殺人事件の現場で発見されている。

そして、病院にいたはずの泉が、いつの間にか歌舞伎町に行っていて、そこで刺された。しかも、刺したのは、死んだレストラン・チェーンのオーナー社長の妻。

明らかに、何かが連鎖をしている。だが、連鎖すればするほど、事件の全容が世田には想像出来なくなっていく。


本所南署に戻ると、受付の警官に呼び止められた。

「世田さん。下馬署の刑事が世田さんと天羽さんから話を訊きたいって、応接室でお二人を待たれてます」

「下馬署？　なぜ、下馬署？」

「さあ。なんでなんでしょう？」

「……」

既に小一時間は待っているというので、捜査本部に戻る前に、世田と天羽は刑事課の応接室に行った。待っていたのは、木村と堀江という二人組の刑事だった。木村はヨレヨレの背広を着た昭和のオヤジ風、一方の堀江は茶髪を逆立てて黒い細身のスーツをビシッと決めた令和の若者風。チグハグな組み合わせだと思ったが、隣りの天羽を見てすぐに考えを改めた。チグハグさは圧倒的にこちらの方が上である。

「お忙しいところ申し訳ありません。早速ですが、うちの管轄内で轢き逃げ殺人があったのはご存じでしょうか」

「や、知らないです。すみません」

「いえいえ。そちらも捜査でお忙しいですから。簡単にご説明しますと、とある高校の男子生徒が、ミニバンに轢かれて死にました。一度撥ねて、バックして轢いて、そのまままた前に進んでトドメを刺しています」

「それは……実に嫌な事件ですね」

「そうなんです。なので、殺人事件としてすぐに捜査本部が設立されました。ちなみに、犯人たちが運転していたミニバンはすぐに見つかりました。盗難車でした。遺留品や指紋は現在調査中。あと、逃走中の犯人の姿が近所の防犯カメラに残ってたんですが、漫画のキャラクターのシリコン・マスクを被っていたので顔はわからずです」

「漫画のキャラクター？」

「はい。なので、計画殺人なのは明白です」

と、天羽がグイッと身を乗り出して質問した。

「ちなみに、何の漫画のキャラクターですか？」

「『ツリー・ブランチ』という漫画です」

「！」

また、新しい連鎖だ。

咄嗟《とっさ》に世田はそう思った。何がどう繋がるのか全くわからなかったが、このタイミングで『ツリー・ブランチ』の名前が出てくる殺人事件が無関係のはずが無い。世田はそう思った。

「運転手が監原ベルト。助手席が夕張マカ。それでですね、今日なぜお二人をお訪ねしたかと言いますと……」

木村が隣りの堀江をチラッと見る。堀江は、証拠品などを入れるビニールの袋をバッグから取り出す。袋の中には一枚のチケットが入っていた。

「これ、今度東京ドームで行われる『ツリー・ブランチ』のイベント・チケットです。被害者のポケットの中に入っていました。で、ここの数字を見てもらって良いですか？」

堀江は、左下の四桁の数字を指差した。その部分だけ印刷ではなく、手押しされた数字になっていた。

「これ、主催の出版社が、イベントのスポンサーに渡している関係者用の特別チケットなんだぞうです。番号を問い合わせたところ、どのスポンサーに渡したチケットなのか、簡単にわかりました」

世田と天羽は、彼らがなぜ自分たちを訪ねてきたのか、同時に察した。

「もしや、染谷准一さんが経営しているレストラン・チェーンですか？」

天羽が尋ねる。

「その通りです。社長の染谷さん、こちらの轢き逃げ殺人発生とほぼ同じ頃、ご自宅で爆死されたそうですね。お二人は、その現場にいらした」

「たまたまですよ」

世田が答えると、木村が世田の目をじっと見た。

「本所南署の方が、わざわざ高輪まで行かれてそこで爆発事件を目撃する。そういうのを『たまたま』とは自分は思えません。あと、こちらのヤマについて捜査報告書を見せてもらったんですが、殺された女の先生、『ツリー・ブランチ』の作家先生と個人的な関係があったとか。こういうのも、自分は『たまたま』と思えません」

「……」

「この事件、死体がどんどん増えていってますよ。我々も、共有できる情報は速やかに共有しませんか？」

「……」

木村という刑事の言うことは実にもっともだった。が、まだ他の署と共有できるほどのしっかりとした情報は無かったし、木村と堀江の方も、それは同じだった。

「何かわかったら、必ずご連絡しますよ」

そう約束するのが精一杯だった。

木村と堀江は、車に轢かれた高校生についてのファイルを世田に渡して帰っていった。

羽住克人。高校三年生。不登校気味だが成績が良い。親の証言によると、ここのところネットで怪しげなオンライン・サロンみたいなものにハマっていて心配していたが、元々成績は優秀だったので、先週、大学への推薦入学が決まった。本人も大喜びをし、これを機会に、そのオンライン・サロンも退会すると言っていたという。

オンライン・サロン?

そんなものに、高校三年生が入るのか?

それと、ことあるごとに登場してくる『ツリー・ブランチ』。なぜ犯人は、わざわざシリコン・マスクに『ツリー・ブランチ』を選んだのか。

わからない。刑事になっていろいろな事件を捜査してきたが、正直、こんなに掴みどころのない事件は初めてだ。

世田は、心の中でそう呻いた。

3

下馬署の刑事たちを見送ったあとで、世田と天羽は捜査会議に参加した。秋山玲子が殺害されてから今日で四日目。まだ、事件解決に繋がりそうな報告は、どの捜査官からももたらされていなかった。

本庁の捜査一課所属の刑事たちの報告が終わり、捜査の指揮を執《と》る副島が「では、次に本所南署の皆さんからの報告を」と言った時、世田は最初に手を挙げた。

「本所南署の世田です。天羽刑事が、現場のゲソ痕の一つに、事件関係者の可能性が極めて高いものがあることを発見しましたので、報告させていただきます」

「え？」

会議室がざわつく。一番驚いていたのは天羽本人だった。

「私が発表しちゃって良いんですか？　おじさん刑事の皆さんは、捜査会議でどれだけ目立つかに命賭けてるんじゃないんですか？」

天羽は世田に小声で訊いてきた。

「バカを言うな。おまえが見つけた手がかりだ。おまえが話せ」

そう言って世田は着席する。天羽は照れたような笑顔を浮かべ、世田に「だから、おまえ呼ばわりはやめてくださいってば」と言いながら、代わりに起立をした。

報告を始める。

現場に残された多数のゲソ痕の中に、サイズ二十一センチの子供のものがあること。それが、Dimpleという人気覆面グループとのコラボで販売された数量限定の定価三十五万円もする特殊なスニーカーであること。そのDimpleの中の人が、殺された秋山玲子が担任していた児童の母親である可能性があること。なので、子供であるその児童がDimpleの限定スニーカーを履いている可能性があること。それらを天羽は、過不足なく淀みなく報告した。

副島は、じっと静かに天羽の話を聞いていたが、彼女の「以上です」という締め括りを聞き終わるとまず質問をした。

「あなたと世田刑事は、事前に本部で割り振られた捜査を後回しにして、勝手に相沢家を訪問したということですか？」

天羽が答える前に世田が発言した。

「はい。私の独断で、相沢家を勝手に訪問しました。天羽刑事は反対しましたが、私が押し切りました」

副島の「なるほど」と、天羽の「嘘つき」という呟きが、ほぼ同時だった。

「殺人事件の捜査において個人プレーは厳禁です。以後、注意してください。しかし、天羽捜査官の気づきは非常に興味深いものですので、相沢家を担当していた捜査官は、改めて訪問の上、愛音くんが所有している靴をすべて確認してください。それと、限定百足ということですので、販売業者の記録から、現時点の所有者を可能な限り当たってみましょう。そちらに関してはこれから捜査員の割り振りをし直します」

天羽はつまらなさそうに一つ小さく息を吐いたが、世田には予想通りの展開だったので、相沢家の捜査を一課に持って行かれても特別な感情は起こらなかった。

会議室を出て、スマホを確認する。

栗尾から「錦糸町に十九時でどうですか？　少し遅れてしまうかも、ですが」というメッセージが入っていた。返信し、次に未来に電話を入れる。

「すまん。今夜は仕事で遅くなりそうなんだ」

そう世田が言うと、未来は明るい声で、

「それだけで、わざわざ電話くれたの？　優しいんだね、おじさん」

と言ってきた。

「普通だろう」

「全然普通じゃないよ。うちは、基本、事後報告ってやつだし」

小学生が「事後報告」なんて単語を使うことに、世田は少し驚いた。

「夕飯、何か出前でも取って食べててくれないか？　俺も二十一時くらいには帰れると思うけど」

「おっけ。じゃ、宅配ピザにする」

「金、玄関の靴箱の中に一万円置いてあるから使ってくれ」

「要らない。お金なら、僕、もっと持ってるもん」

「いいから。ピザくらい俺にご馳走させてくれ」

そんな会話を手短かに署の廊下でした。


栗尾とは、泉から教わった店で会うことにした。予約した十九時より少し前に着く。あの夜、店の前にちょこんと立っていた泉の姿を思い出す。まだ時々、ドアを開けられなくなる泉。恋人が事件に巻き込まれてしまった泉。そして自分も、新宿で刺されてしまった泉。

店に入る。

「こんばんは。さっきお電話した世田です」

頭を下げると、店主の宮本は前と同じカウンターの席を指差した。

「烏龍茶をください」

店主は黙って、カウンターの上に冷えた烏龍茶を置く。それから、酒を頼んでもいないのに枝豆も出てきた。一つ食べる。茹で加減も塩加減も良い塩梅《あんばい》だった。

「すみません、だいぶ遅くなりました」

栗尾が来たのは、約束の時間から一時間と十五分も経ってからだった。癖の強い天然パーマの髪。糊《のり》の効いていない白いワイシャツに、刑事コロンボ風のヨレたジャケット。渋谷署にいた時より太ったのか、それが以前よりやや窮屈に見えた。

「栗尾、すまんな。帰りづらい雰囲気だったんじゃないのか？」

「いいえ、全然。なんでしたっけ。働き改革？　とかいうやつで」

「なんだ。新宿もか」

「そりゃそうでしょ。本庁が旗振り役なんですからね」

「あいつらが残業してないとは思えないけどな」

「そこはほら、本音と建前というか」

「ま、早く帰って良いってんなら、いくらでも早く帰るけどな。俺は」

「ははは。確かに」

ずっと無言だった店主の宮本が、

「お客さん、あんたは何から始める？」

と訊いてきた。栗尾がチラリと世田の烏龍茶を見る。

「飲もうや。飲みたい気分だろう？」

そう世田が言うと、栗尾は軽くうなづき、

「日本酒、冷やで」

と、店主に返事をした。

「あんたはまだ、お茶のままで良いのかい？」

「や、俺も変えます。今日は、焼酎の烏龍割りを薄めで」

「あれ、世田さん、健康対策ですか？」

栗尾が驚いた顔をする。

「そうじゃないよ。実はいろいろあって、今、小学生の甥っ子と二人暮らしなんだ。あんまり酒臭い息で帰るのも何かなと思ってな」

「へえ。甥っ子さんと二人きりですか」

「そうなんだよ。人生ってのは面白いよな」

店主がカウンターに置いた日本酒と烏龍ハイのグラスを持ち上げ、世田と栗尾は控えめに乾杯した。つまみは店主にお任せにした。

「ところで、泉の具合は？」

「腸間膜っていうのを通ってる血管が切れて大量に出血はしたらしいんですが、肝臓やら腎臓やらは無事だったたって。あと数センチ横だったら死んでたらしいですよ。無茶のし過ぎですよね、あいつ。一時は意識低下もあったようですが、今は輸血のお陰でしっかりしているって話です」

「後ろから刺されたのか？」

「男を半殺しにしてる時に、後ろからハサミで。女性でも全体重をかけると、結構深く刺さるんですね」

「そうか……」

泉のやつ、なぜ、一人で動いたのか。せめて俺にくらいは連絡をしてほしかった。二人で行動していたなら泉は刺されなかったろう。いやその前に、やつにそこまでの暴力行為などさせなかったはずだ。

と、早くから来ていた奥のテーブル席のカップルが帰った。

「店主、悪いがあっちに移ってもいいかな。今夜はタバコはやめておくからさ」

店主がうなづいたので、酒とつまみの皿を持って席を移る。

「で、どこから話しましょう」

座りながら栗尾が言うので、「全部」と、答えた。

「彼女、ずっと自分の話を誰かに聞いてもらいたかったんでしょうね。話し始めたら全然止まらなくなっちゃって。なんで泉を刺したのかって話がね、十年以上前の自分の結婚のところまで遡るんですよ」

なるほど。だから一時間以上の遅刻になったのか、と世田は思った。

染谷准一と依絵は、見合い結婚だった。見合い直後は、こんなにハイスペックな人と結婚出来るなんて、と依絵は舞い上がったという。准一は高身長で顔も整っていて、家は代々高学歴で、経済的にも裕福だった。女性慣れしていて、デートの時のエスコートの仕方もスマートだった。一方の依絵は、女子高、女子大、そして就職しても女性が大半の総務部配属という人生で、これまで深く付き合った男性がひとりもいなかった。

准一は外資系の金融会社に勤めた後、レストラン・チェーンを起業。その会社は、頻繁にマスコミに取り上げられるほどの急成長を見せた。依絵の親も、友人たちも、皆が依絵に「最高の人をつかまえたね！」と言ってきたが、それは准一の外面に騙された人たちの感想でしかなかった。

結婚直後から、准一は依絵にモラハラとパワハラを繰り出し始めた。女性関係にだらしがなく、結婚前から複数の女性との性的関係を継続していることも依絵は程なく知った。

「恋愛と結婚は別だろ？　俺は、恋愛はセクシーで可愛い女と、結婚は真面目で高学歴の処女とする」

そう友人たちに宣言していたことも、依絵は後に知った。

真面目で高学歴の処女。ひどい言い草だ。依絵は鬱々として日々を楽しめなくなった。

「おまえと一緒にいると、俺にまで鬱がうつりそうだよ。夫にそんなことを言わせるなんて、妻失格だとは思わないのか？」

そう准一に嫌味を言われ、ますます依絵は鬱屈とした気持ちを抱え込むようになった。

そんなある日、たまたま用事で新宿に出た依絵は、帰り道、白崎翔太というサパー・クラブ勤務のバーテンダーに声をかけられた。

「ノルマが達成できないと本当にヤバいんです。飲み代は俺持ちで良いので一時間だけ飲みに来ていただけませんか？　店、すぐそこなんです」

伏し目で緊張気味に喋る男は、依絵より少し若く見えた。青く染めた髪と、耳のピアスが、あまり似合っていない。根は真面目な男が、食べていくために頑張って「新宿・歌舞伎町風」に自分を変えようとしているように見えた。それが、依絵には好ましく感じられた。時間もまだ早かったし、どうせ夫の帰宅は深夜なので、依絵はその店で飲むことにした。実は、一人で店で酒を飲むのはその日が初めてだった。ちょっとした冒険気分だった。白崎は准一と違い、スマートでもなく話下手でもあったが、ずっと依絵の話を聞いてくれる優しさがあった。一度きりと思っていたのに、気がつくと依絵は、週に何度も彼の店に飲みに行くようになった。やがて、男女の関係に。そして、依絵は妊娠した。


「妊娠？」

世田は眉を上げげた。

「じゃあ、死んだ祐矢くんの父親は……」

「です」

栗尾がうなづく。

「夫の染谷准一は、もともと子供は欲しいと言っていたそうなんです。きちんと結婚して子供もいる方が、経済界ではイメージが良いですし、ゆくゆくは自分のグループ企業の跡取りも必要だし。おまけに、染谷准一と白崎翔太は、血液型が同じA型だったんですよ。それで、染谷依絵はそのまま子供を産むことにしたんだそうです。子供さえ出来れば染谷准一ともうセックスをしなくても済む……そんなことも考えたらしいですよ」

「いつバレた？」

「出産の二ヶ月ほど前。もうすっかりお腹も大きくなってからです」

「なぜ？」

「染谷依絵は、お腹が大きくなってからも白崎の店に通ってたんです。で、ある日、新しく出す店の候補地の下見に来てた准一とバッタリ」

「なるほど」

「その時はもう中絶出来るタイミングじゃないし、依絵の妊娠はみんな知っているし、染谷准一はプライドが病的に高い男だったんで、妻に浮気されたなんて周囲には絶対知られたくないし、それで妻を延々と罵《ののし》った末、やつは渋々諦めることになるんですが……」

世田はそこで、片手を上げて栗尾の話を遮った。

「ちょっと待ってくれ。もしかして、その時の子供、双子かい？」

「！」

栗尾の表情で、自分の予想が正しかったことを世田は知った。

「どうして知ってるんですか？　このことを話すの、依絵は今日が初めてだって言ってたのに」

「たまたまだよ。それで？」

「それで……まあ、染谷准一は考えるわけです。もう中絶は出来ないし、産むしか選択肢は無いわけですが、浮気相手の子供をふたりも育てるなんて絶対に嫌だと。それでやつは、とある友人夫婦に相談をしました。もう何年も不妊治療をしていた夫婦です」

「有名人だろ？」

「です。完全にご存じなんですね」

栗尾は苦笑いを浮かべ、少し間を置いて冷酒を口に運んだが、酒は空だった。あまり酔うわけにはいかなかったが、世田もどんどんと飲みたい気持ちが増してくるのを感じていた。それで、二人とも店主にお代わりを頼んだ。

「養子縁組は成立しました」

すぐに来たお代わりの酒を舐めながら、栗尾は話を再開した。

「ただ、染谷准一は世間にこのことは絶対に知られたくありませんでした。なのでコネを使って、養子縁組を斡旋《あっせん》する団体を間に入れました。これ、関係者全員にメリットがあったんです。斡旋団体にとっては実績が一つ増える。しかも相手は有名人。そしてその有名人にもメリットがありました」

世田は、未来と一緒のファミレスで見たポスターを思い出した。


男は俳優の相沢貴俊。

女は歌手の相沢比呂子。

その間に、小学生の相沢愛音。

そして、大きな文字で書かれたキャッチ・コピー。

「あると思います。新しい家族の形」


「良い人イメージの向上ってやつか？」

「ですです。このネタで、何度もトーク番組とかにも呼ばれたらしいですよ」

「……」

「売れっ子俳優から、歳とって一度ちょっと落ち目になって、そこから今度は良い人キャラでまた復活。芸能人を続けるのも大変ですね」

そう言って、栗尾は大きくため息をついた。

「良い親だったんだろうか」

世田が独り言のように言う。

「え？」

「その、養子に出された方の子の親だよ。その有名人夫婦は、その子にとって良い親だったんだろうか。外に出されたその子と、母親はいるが染谷准一からは嫌われていただろう祐矢くんと、どっちが幸せだったんだろうか」

「少なくとも、染谷祐矢くんが幸せじゃなかったことだけは確定でしょうね。母子ともに父親の准一から連日のパワハラにモラハラ。ひたすら勉強させられて、でもどれだけ良い点を取ったところで父から褒められることは無い。もちろん、愛されることも無い」

「……」

「祐矢くんがいつどうやって自分の出生や本当の父親のことを知ったのか、染谷依絵は知らないそうです。ただある日、突然、白崎のところに祐矢くんからダイレクトメッセージが来たんだそうです。それがなんと、白崎には何に使うのか見当もつかないような化学薬品だったり電子部品だったりの一覧表でね」

「それが、手作り爆弾の材料かな？」

「おそらく」

「……」

「バイト代として二十万円払うから買ってきてくれと。親のカードを使うわけにはいかないし、祐矢くん自身のスケジュールは塾や家庭教師でギチギチでしたから、それで彼に頼んだんでしょう。白崎は白崎で、基本貧乏だったたし、あとはまあ、そんな情があったかどうかは知らないけれど、一応生物学的には実の息子ですしね。それで言われた通りの買い物をネットや秋葉原でして彼の家の近くの公園で渡したそうです。それを染谷家の家政婦が見ていて、泉に『あの男が怪しい』と話したらしいんですよ」

なるほど、と世田は思った。それで、泉は一人でやつを探したのか。自分や警察の仲間に言わなかったのは、やはり真奈美の復讐を考えていたからだろうか。染谷依絵がハサミで泉を刺していなかったら、泉は白崎を殴り殺していたかもしれない。子供の買い物を手伝っただけの、母親の浮気相手の男を。そう考えると、依絵が泉を刺したことも、不幸中の幸いと言えなくもない。そこまで考えてから、世田は左右に小さく首を振った。この事件には、どこにも「幸い」なんてものは存在しない。

「きっかけは何だったんだろう？」

世田は栗尾に尋ねた。

「きっかけ？」

「なぜ、あの日のあのタイミングで、祐矢くんは爆弾を爆発させたんだろう」

「あー。きっかけは『ツリー・ブランチ』だそうです」

「え？」

「来月、『ツリー・ブランチ』のイベントが東京ドームであるんですよ。大人気で、入場券はプラチナ・チケットだそうです。染谷准一のレストラン・チェーンは、前々から何度も『ツリー・

ブランチ』とのコラボ・イベントをやっていて、今度の東京ドームもスポンサーをしているそうなんですよ」

「……」

世田は小さく唸った。まさか、ここでまた『ツリー・ブランチ』の名前を聞くとは思わなかった。

「スポンサーには通常のチケットとは別にスポンサー優待のチケットっていうのが渡されるそうなんですね。通し番号付きの特別チケット。入場ゲートでも一般客とは別に並ばずに入れたりとか。染谷准一は、取引先や飲み屋のお姉ちゃんたちへのプレゼント用に、その優待チケットを百枚、カバンに入れていたそうなんです。ところがそれを祐矢くんが盗んだ。『ツリー・ブランチ』が好きとか、そういうところはやっぱり普通の子供なんですね。で、それに気づいた染谷准一が激怒して、『泥棒の子供はやっぱり泥棒だな！ ぶっ殺す！』って依絵にLINEしてきたそうなんです。で、祐矢くんを問い詰めるために、平日の夕方に珍しく家に帰ってきた……」

「そして、爆弾で吹き飛ばされた？」

「はい。母親は男に会いに行っててラッキー。そして泉の彼女は、そんな時にたまたま居合わせてしまってとても気の毒でした」

「……つまりあれは、やはり祐矢くんの自殺ってことか？」

「自殺というか、無理心中というか……」

「十歳の子供が？　豪邸を一撃で吹き飛ばすような爆弾を作って？」

「爆弾なんて、今どき作ろうと思えば誰でも作れますからね。世田さんだってそれは良く知ってるでしょう？」

「……」

「事件の少し前、祐矢くんは母親に言っていたそうですよ。僕とお父さんの両方が死ねば、お母さんは自由になれるのにねって」

「……」

「悲しいですよね。まあ、だからといって、祐矢くんがやったことが許されるわけじゃないですけどね」

「……」

しばらく、ふたりとも無言になった。それから少し、昔の渋谷署の仲間たちの近況について話したり、それぞれの健康状態の愚痴を話したりした。ふたりが店を出た時には、時刻は二十二時を回っていた。

「栗尾、今日はありがとう。今度は泉と三人で飲もう」

「こちらこそご馳走様でした。そうですね、今度は三人で」

栗尾は錦糸町の駅の中に消えた。世田はそれを見送ってから、未来の待つマンションへ歩いて向かった。電話を先にかけようか迷ったが、だいぶ遅くなってしまったし、彼がもう寝ているかもとも思い、電話はやめておいた。

未来のことを考えると、自然と染谷祐矢と相沢愛音のことも考えてしまう。

彼らは皆、同年代だ。

皆、経済的には裕福な家で育っている。

しかし、おそらく、彼らは誰も幸せではない。

高性能のパソコンやタブレットを持ち、大人びた口調で会話をし、ネットを使いこなし、爆弾を自分で組み立てることすら出来る。


「『ツリー・ブランチ』が好きとか、そういうところはやっぱり普通の子供なんですね」

栗尾の言葉が脳内をリフレインする。

未来はあれをくだらないと言ったが、染谷祐矢は好きだったのだろうか。母のために、血のつながらない父親もろとも死のうと心に決めていたのに、なぜ『ツリー・ブランチ』のイベント・チケットを盗む必要があったのだろうか。それは、染谷准一を誘《おび》き出すための罠だったのだろうか。そういえば、爆発した染谷邸から、『ツリー・ブランチ』のチケットが見つかったとは聞いていない。そこまで考えて、世田は慄然として立ち止まった。

まさか。

そんなバカな。

しかし、確かにそれはあった。

銭湯で見た、未来が持っていた『ツリー・ブランチ』のイベント・チケット。あれにも、通し番号が押されていた。

スポンサー優待の、通し番号が。

4

マクドナルドに入る。

食欲は無いし、雰囲気も好きではないが、待ち合わせ場所なので仕方がない。

黒いキャップのバイザーをおろし、オーダーの列に並ぶ。

「チーズバーガーとアイスティーをイートインで」

「お得なセットもございますが、いかがですか？」

マニュアルを暗記している店員が訊いてきた。

片手を小さく振り、要らないという意思を伝える。

あえて現金で支払う。

右端にある階段を上り、二階席へ。

窓際の四人掛けのテーブルに座り、リュックを下ろす。

膝に乗せ、中からスマホを取り出す。

その時もう一度だけ、これから渡すチケットを確認する。

これを自分に渡す時、弟は笑っていた。なぜ笑うのか尋ねると、

「最後くらいは笑っておこうかと思って」

と答えた。

突然、目の前に女が座った。

「こんばんは」

ウェーブの掛かった長い髪をパープル・ピンクに染めた、ド派手な女だ。

「ここ、座ってもいいかしら？」

「え……」

こちらが戸惑っている間に、女はビッグマックバーガーとLサイズのコーラとLサイズのポテトを載せたトレイをドスンとテーブルに置いた。そして、こちらのチーズバーガーを指差し、無遠慮に尋ねてきた。

「それ、晩御飯なの？」

「そうですけど」

警戒しながら答える。

「なんでセットにしないの？　その方が得なのに」

「太るなって親に言われてるんで」

「えー。意味わかんない」

「太ると、好感度が落ちるんだって」

「えー。意味わかんない」

女は同じ言葉を二度言うと、ビッグマックの包みを開けて豪快にかぶりついた。口の端に付くソースが汚らしい。それを女は、指で拭って舐めた。

「お姉さん、警察の人？」

男は尋ねる。

「うわっ、びっくり！　なんで？　マジで？　職業、一発で当てられたの初めてなんですけど！　君、天才？」

女は、糊で固めたようなまつ毛を激しく上下させて言った。

「何言ってるのかな。お姉さん、この前、学校の廊下にいたでしょ？　校長と、もうひとりのおじさんの刑事と一緒に」

「あ、そっか。なるほど。見てたのね」

女はなぜか楽しそうだ。

「ところで、ここに来たのは偶然？」

「学校の図書室にいないのは確認したの。で、君は自分の家が嫌いだから、可能な限り外にいるだろうと思ったの。小学生がひとりで外食をしていても目立たない店っていったら、それなりに数が絞れたから、あとは片端から覗いて回ったの。ここは三軒目」

「ふうん」

相槌を打ちながら考える。

片端から見て回ったというのが本当なら、今日の「待ち合わせ」のことはこの女は知らないのだ。なら、なぜこの女は自分に目をつけたのだろう。自分はどこで失敗したのだろう。

もしかしたら、あれだろうか。

あの夜の犯行直後、動揺が収まらなくて、秋山玲子の携帯電話を使って弟に電話をかけた。

もしかして、あれがいけなかったのか。

自分の携帯番号からだと通話履歴を後で親から咎《とが》められる可能性があったから、彼女の携帯を見た瞬間、

(この電話からなら良いじゃないか。あいつだって、この番号のことを訊かれても「間違い電話だよ」と言えば済む)

そんな風に自分に言い訳をして、電話をしてしまった。

「まさか」

「……」

気がつくと、女はじっと、男の足元を見ている。

「なに？」

「ううん。格好良いスニーカーだなあと思って。それ、高いやつでしょ」

「値段は知らない。貰いものだから」

「ふうん」

「いつ写真を撮られても良いように、毎日これを履けって言われてるんだ」

「ふうん。変なことを言う親だね」

言いながら、女はポテトフライを数本同時に口に入れた。

男が尋ねる。

「それより、お姉さんは僕に何の用？」

女が答える。

「まず、君みたいな若い子にお姉さんって呼ばれるの、嫌いじゃないけど、私には天羽史って名前があるの。なので『ふみ！』とか『ふみちゃん』とか呼んでもらえるともっと嬉しいな」

「そう。じゃ、今日はどんな用事でここへ？　ふみちゃん」

天羽史は、コーラでポテトフライを胃に流し込んでから本題を切り出した。

「秋山先生が亡くなった晩、君、どこにいた？」

「家で寝てたよ」

「それ、証明できる人いるかな？　君の両親は、夜中に君が家を抜け出しても、きっと気づかないでしょ？」

「……」

「相沢愛音くん。同じ罪を犯しても、逮捕されるのと自首するのとでは、その後の人生が大きく変わるよ。君は賢いから、きっとそういうこともとっくに知っているとは思うけれど」

「……」

と、その時、男がふたり、階段を上って来るのが見えた。ひとりはガリガリに痩せていて、黒い半袖のポロシャツから棒きれのような腕が伸びている。なるほど。現実世界では巨デブというのはやはり嘘のようだ。もうひとりは、背の高い男性で、奇妙な地図のプリントされた白いTシャツを着ていた。『ロード・オブ・ザ・リング』を好きな人なら、胸にプリントされた地図が『中つ国』だと判るだろう。つまり、黒いエルフ。ふたりとも、まだ二十歳前だった。ふたりは、自分たちの待ち合わせ相手が、妙な女に話しかけられているのに気づき、警戒の表情を浮かべた。

男は、会議のメンバーなら全員知っているサインを出した。

鼻の頭を中指で掻き、その後、両手を組み、指の関節をいくつか鳴らした。

(困ったことが起きている)

天羽史は、男の動きを不自然とは感じなかったらしく、呑気にビッグマックをもう一口齧《かじ》った。

気の毒に。

でも、仕方がない。

男は心の中で、天羽のために呟いた。

「おめでとう。君が、世界を変えるんだ」

5

栗尾と別れ、自宅マンションまで歩く。途中、天羽に一度電話をかけたが、彼女は電話に出なかった。

自宅に着くと、未来は既に寝ているようだった。静かにドアを開け閉めし、リビングの灯を点ける。ゴミ箱に、宅配ピザの空き箱が半分に畳んで押し込まれているのが見えた。

世田は、和室との境の襖《ふすま》をそっと小さく動かした。窓際では、未来がタオルケットを頭から被って眠っていた。枕元には、彼がいつも持ち歩いている黒のウエスト・ポーチ。足音を立てずに近づき、それを和室からリビングに持ち出した。静かに襖を閉め、それからウエスト・ポーチのファスナーを開けた。

財布、ティッシュ、携帯、いくつかの鍵。

無い。

世田は財布を取り出し、その中を見た。

あった。

世田が銭湯の床から拾い上げた『ツリー・ブランチ』のイベントのチケット。場所は東京ドーム。四桁の数字が手押しされている。やはりこれは、市販のチケットではない。スポンサー関係者にしか配られない特別優待のチケットだ。

と、背後から声がした。

「何してるの?」

振り向くと、いつの間にか未来が、襖を開けて冷ややかな目で世田を見ていた。着ている青いパジャマは、ついこの前、ふたりで選んだものだ。

「このチケット、誰からもらったんだ?」

世田は尋ねた。

「夕方、未華子さんと連絡を取ったよ。『ツリー・ブランチ』のイベントのこと、未華子さん、知らなかったぞ」

ハッタリだった。だが、未来は軽く首を傾げながら言った。

「あー、じゃあ、どっかの金券屋で買ったのかも。ほら僕、お金はたくさん持ってるからさ。親が、子供を放置してる罪悪感をお金で解決してるから」

「いや、それも嘘だ」

「なんで？」

「ここに四桁の番号が印字されているだろう？　これは特別な関係者のための通し番号なんだよ。だからこのチケットが金券屋に出回ったりすることはないんだ」

「ふうん」

「未来」

もう何度も口にした彼の名前を、世田は改めて呼んだ。

「このチケット、誰からもらったんだ？」

未来は、また小さく首を傾げた。そして、言った。

「散歩に行かない？　今の時間だったら、外もまあまあ涼しいよ」


未来が黒のTシャツとベージュ色の短パンに着替えるのを待って、ふたりは外に出た。未来がどんどん前を歩くので、世田はただそれに付いて行った。マンションから路地を進み、川沿いの道に。そして錦糸橋を渡る。行き先が予測できて、世田の心はざわついた。やがて未来は、深夜の錦糸公園に入って行く。世田を振り向くことさえしない。桜並木の間を通り、未来がやっとたちどまったのは、ちびっこ広場の中の、大型遊具の前だった。世田は三日前にもここに来ている。秋山玲子は、この遊具の前で殺されたのだ。

「ここがいいかな」

ようやく振り向いた未来が言った。

「ここで合ってるよね？」

未来の話し方が、まるで算数のドリルの答え合わせのようだと世田は思った。

「合ってるって、何がだ？」

動揺を見透かされないようにしながら、世田は返事をする。

「事件だよ。おじさんが捜査している殺人事件の現場」

「合ってはいるが、俺は事件のことを未来に話したことはなかったぞ？」

「そうだっけ。まぁ、そんなことは別にいいじゃない。大したことじゃない」

「じゃあ何が大したことなんだ？」

「……」

「未来にとって何が大したことなんだ？」

「そうだね。家族……かな」

「は？」

「誰が家族で、誰は家族じゃないか。それはやっぱり大事かな。わかっていると思うけれど、僕は法律の話をしているんじゃない。法律的には父さんと母さんは僕の家族だけれど、現実には僕の家族じゃない。おじさんは法律的には僕の家族じゃないけれど、あの銭湯で、僕のことを家族と呼んでくれた。だから、おじさんからの質問なら答えてあげてもいいかなと思った。だから、ここに来た」

「……」

「正直、まだ完全におじさんのことを信じてるわけじゃないけれど、でも、まずは信じることから始めましょうって、アイコからも言われたしね」

「アイコ？」

「うん。アイコ。ヤマグチアイコ。おじさんのよく知ってるヤマグチアイコだよ」

「何を言ってるんだ？　あの女は死んだぞ！」

世田は思わず叫んだ。ふたりの他は誰もいない薄暗い公園に、その声が反響する。だが、未来の表情は特に変わらなかった。

「ねーおじさん。なんで世界はこんなにも酷いままなの？　地球はどんどん汚くなるし、戦争はなくならないし、子供は虐待されたりバスや車に置き去りにされて死ぬし、大人はいつも嘘ばかりついている。それでもアイコは言うんだ。信じることから始めましょうって。世界は変えられるって。世界は自分たちの手で変えられるって。それを信じることから始めましょうって」

「あのイベントのチケットをどこで手に入れたんだ？」

「もらったんだよ」

「誰からもらった？」

「……」

「未来。おまえは何を知っているんだ？」

「……」

「誰と繫がっていて、何をしようとしているんだ？」

と、そこで、未来の表情がわずかに緩んだ。

「車のハンドルを持つと急に性格変わる人っているでしょ？　肩書き付くと急に偉そうになる人とか。愛音の場合はさ、スマホがある時とない時で人格が変わっちゃうんだ」

「愛音？　未来、おまえ、相沢愛音くんを知ってるのか？」

「知ってるよ。僕もみんなと一緒に審査して、承認したからね」

「は？」

「まあ、彼の名誉のために言うと、僕たちはみんな、大なり小なり愛音と一緒なんだ。スマホがないと、アイコとも、会議室の仲間とも繫がれなくなるからね」

未来は両手をひらひらと振り、そして話を続けた。

「このクソッタレな世界を変えようとしたアイコは、僕たちの神であり、憧れだ。そして、アイコとともにあると誓った者は、みんながみんなの家族だ。この誓いは死ぬまで変わらない」

「未来……おまえ、宗教か何かに入っているのか？」

「宗教？」

未来が皮肉な笑顔を見せる。

「あー、そうなんだ。大人は、今の僕の話を聞いてそういう風に考えるんだ」

「違うのか？　なら、会議室の仲間っていうのはなんなんだ？　それに、さっきも言ったが、ヤマグチアイコはとっくに死んでいるんだぞ？　俺の目の前で東京湾にダイブし、そのまま浮かんでこなかった」

「死体は発見されてない」

「死んでいるに決まっている。俺は見ていたんだ。あの状況で、生きているやつがいるわけない！」

世田はそう叫びつつ、心の中では本当にそうだろうかと考えていた。

本当に、ヤマグチアイコは死んだのだろうか――。

だが、未来は、世田の予想に反して、彼の言葉を否定しなかった。

「そうだね。確かに、そっちのアイコさんは死んだのかもしれないね」

「？　そっちの？」

「でも、彼女のメッセージは、来栖《くるす》公太《こうた》くんが世界に伝えた。彼女が何と戦い、何を大切にし、何を守ろうとしていたかは、彼女の行動を辿れば誰にだってわかる」

「……」

来栖公太というのは、渋谷ハチ公前広場の事件に巻き込まれ、一時期日本で最も有名になってしまった気の毒な若者である。元々ジャーナリスト志望だった彼は、その後、事件の真相とそれを日本のマスコミがいかに捻じ曲げて伝えているかについて、長文のノートをネットに公表していた。

「ある日、僕のスマホに、アイコからのメッセージが来た。あなたは悪くない。あなたは何も間違えていない。最初はもちろん、誰だコイツって思った。何を言ってるんだコイツって。でも、アイコは僕のＳＮＳの書き込みを全部きちんと読んでいた。なぜ僕を選ぶのか。僕に何を期待するのか。僕と一緒に世界をどう変えたいのか、何度も何度も話しかけてくれた。うちの親が、売り上げだとか昇給だとか夫婦の間の平等がどうとか僕を無視して喧嘩している時も、アイコはずっと僕の話し相手になってくれた」

「おまえは誰かに騙されてるんだ！」

「なんでそうやって決めつけるんだ！」

初めて、未来は声を荒らげた。

「僕たちを騙しているのは大人たちだ！　自分たちばっかり好き勝手にして、ボロボロの地球を僕らに押し付けようとしている大人たちだ！」

「……」

「……」

「……」

何がどうなっているのか、世田にはさっぱりわからなかった。

だが、わからないながらも、すべての繫がりがようやく世田には見え始めてきていた。

何者かが、ヤマグチアイコの名前を騙《かた》っている。

そいつに騙されている子供がたくさんいる。

たとえば、有名人の子供・相沢愛音。

相沢愛音と双子の兄弟である染谷祐矢。

そして、今、世田の目の前にいる甥っ子の未来。

もしかして……ふと、嫌な仮説を思いつく。

「未来。おまえが俺のところに来たのは、俺が、秋山先生殺しの捜査員だからか？」

「ご名答」

あっさりと、仮説は肯定された。

「錦糸公園で殺したと聞いて、ラッキーと思ったんだ。警察関係者の身内として、僕だってアイコとその家族に何か貢献したかった。僕は元々家では邪魔な存在だったからね。ひとりでずっと留守番するより、世田のおじさんのところに行きたいと言い出したら、めっちゃ喜ばれたよ」

「……」

「なのにびっくり。世田のおじさんが、僕を家族と呼ぶなんて。そんな風に言われちゃったら、僕、困るじゃないか」

困ると言いながら、未来の顔には微笑が浮かんでいる。

「なぜ、秋山先生を殺した？」

世田の声がわずかに震える。

「クラスメートがクソだから」

「は？」

「みんな、愛音の何に嫉妬してるんだろうね。愛音なんて、旬の終わったタレントがイメージ向上に利用しているただの小道具じゃないか。本人は嫌だって言ったのに、強引に彼を巻き込んだCMを決めてくる。クソだよ。で、そのクソのコマーシャルを観て、クラスメートが嫉妬する。バカでしょ。で、愛音に嫌がらせしようと、彼が学校にスマホを持ち込んでいると担任にチクった。担任の先生は、甘い対応だと『えこひいき』ってモンスターペアレントからクレームが来るから、仕方なく愛音のスマホを没収した。でもね、僕らにとって、スマホはただのスマホじゃないんだ」

「……それで殺したのか？　スマホを取り戻すために？　ただ、それだけの理由で？」

「スマホは、アイコと繋がる唯一のドアなんだ。だからみんな、普段から肌身離さず持っているし、それを取り上げられると心が壊れる」

「だからって、何も殺すことはないだろう！」

自分の言葉が無力だとわかっていても、世田は叫ばずにはいられなかった。それを見て、未来がまた、両手をひらひらさせる。

「僕らは、普段からゆっくり殺されてる」

未来がまた、ゆっくりと首を傾げる。

「これは、戦争なんだ。ある程度の殺したり殺されたりは仕方ない」


いいか。勘違いはするなよ。

これは、戦争だ。


なるほど。戦争か。

世田の中に、初めて「殺意」のような感情が生まれた。

なめやがって。ふざけやがって。

ヤマグチアイコの名を騙る黒幕を捕まえたら、その時は、法で裁く前に自分がこの手で殺してやりたい。そんな感情を世田は自覚した。

(ああ。泉もきっと、同じような気持ちだったんだろうな)

そんなことを、同時に思った。

「東京ドームで……『ツリー・ブランチ』のイベント会場で、何かするつもりなのか？」

世田は尋ねた。未来がまた笑顔になる。小さな白い歯がちらちらと見える。

「そんなことをして何になる？　いくら、あの漫画が面白くないからといって」

と、未来が世田の言葉を遮った。

「『ツリー・ブランチ』はたまたまだよ」

「え？」

「どうやって宣戦布告するのが良いか、僕たちはずっと考えてた。そんな時に、愛音の紹介で祐矢が家族になった。祐矢の親がレストラン・チェーンのオーナーで、イベントのスポンサー優待のチケットを持ってることを僕らは知った。たまたまだけど、『ツリー・ブランチ』の主人公の決めゼリフが最高だった。『おめでとう。君が世界を変えるんだ』」

未来がまた笑う。今度は大声で。その声が、彼の背後にある遊具にこだまする。

「傑作だよ。こんな皮肉な話ってある？　世界を変えないために戦う主人公が、僕らと同じ『世界を変える』とか言ってるんだ。それで僕たちは決めたんだ。あのふざけた漫画から、『世界を変える』という言葉を取り返そう。それがイコール、僕らから大人たちへの最高の宣戦布告になる」

「……なぜ、祐矢くんは死んだ？」

「生き続けるには、心が弱過ぎたから」

「下馬の轢き逃げ事件もおまえたちの仲間がやったのか？」

「家族、と言ってほしいな。あの男は、アイコとの誓いを破って家族から抜けようとした。でも、僕たちの誓いはそんなに軽いものじゃないんだ」

「……」

「……」

「……俺は、おまえを逮捕しなければならない」

「無駄だよ。僕はまだ十歳だ」

「逮捕でも保護でもなんでもいい！　仲間たちも全員捕まえる！」

「それは無理だと思うな」

「なぜ？」

「僕たちの会議室はＶＲ空間の中だし、そこでは顔も形も全然違うアバターが使われている。すべてを知っているのはアイコひとり。僕たちは、必要最小限の情報しか交換していない」

「そのアイコをまず捕まえる！」

「……」

「未来。ヤマグチアイコは死んだんだ。おまえは、彼女の名前を騙る、どこかのテロリストに騙されてるんだ。騙されて、そして利用されているだけだ」

夜風が、少し強くなってきた。桜の葉が風に揺れている。未来は世田をじっと見、世田も未来をじっと見た。やがて、未来は寂しそうに言った。

「おじさんは良い人だけど、頭は悪いね」

「？」

「たかが銭湯で背中を流し合っただけで、どうして僕がここまでおじさんに話をするのか、疑問には思わないの？」

「……」

「知っているからだよ。おじさんや、おじさんの仲間がどれだけ必死になったところで、アイコを捕まえることは絶対に出来ない。それを知ってるから、僕はこんなに平然としてるんだ」

「そんなことはない。もう何人も殺されているんだ。警察の威信をかけて……」

と、いきなり未来が自分の携帯を世田に放った。肌身離さないはずの自分の携帯を。世田はそれを両手で受け取った。

「なら、直接話してみる？」

未来は言った。

「アイコと直接、話してみたら？」

6

翌朝、未来は姿を消した。

前夜、ヤマグチアイコとの電話を終えた後、錦糸公園から世田のマンションまで、ふたり並んで歩いて帰った。

「警察に行く必要があるなら、明日一緒に行くよ。おじさん」

未来はそう言い、世田はその言葉を素直に信じた。未来は知っているすべてを包み隠さず世田には話していたし、世田は世田で、思考の大半を、ヤマグチアイコとの会話で受けた衝撃に持って行かれていた。

未来は、ふたりで買った青いパジャマに着替え、「おやすみ」と明るく言って眠りについた。世田は、ひとりリビングでアイコのことを考え続けた。そして、一睡もしないと翌日の捜査に差し支えると判断し、朝の四時頃から、無理矢理二時間ほど寝た。未来を寝ずに見張ろうという考えは思い浮かばなかった。

その二時間の間に、未来は消えた。

ほんの数日一緒に住んだだけなのに、未来のいない家は広く感じた。

そして、天羽へのショート・メッセージが未だに既読にならないことに、言い知れない不安を覚えた。

シャワーを浴び、着替え、本所南署に。刑事部屋で今日も天羽が朝ラーをしていることを期待したが、彼女の姿は無かった。携帯に電話をしてみた。

「電波の届かないところにおられるか、電源が入っていないため、かかりません」というアナウンスが聞こえた。

不安が分刻みで増大する。

世田の次に出勤してきたのは、古谷課長代理だった。

「秋山玲子殺害事件についてですが」

世田は古谷に話し始めた。

「実は、とあるカルトの集団が絡んでいると思います」

「カルト？」

そう言って、古谷は顔をしかめた。

「宗教ですか？」

「既に、宗教なのかもしれません」

「宗教が絡むといろいろと面倒なことが多いですが……何かしらの物証はあるのですか？」

「物証はありません。刑事の勘、としか」

「……」

古谷は笑わなかった。彼は世田の刑事としてのキャリアに最低限のリスペクトは持っていた。

「それの本部はどこですか？」

「本部は、ネットの中です」

「は？」

「ネットの中のバーチャルな空間に、懺悔室のある教会と、幹部たちの会議室があるそうです」

「は？」

古谷の眉間に深い皺がより始める。

「彼らは、お互いにアバターと呼ばれるネット上の姿形と名前で交流しています。現実世界での名前も顔も年齢も知らない関係です」

「言われている意味が良くわかりません」

「私もです。でも、未来が……私の甥が、嘘を言ったとも思えません」

「あなたの甥は何歳ですか？」

「十歳です」

古谷はじっと世田を見、それから一度、天を仰ぐような仕草をした。信じたいという気持ちと、話の内容への困惑が、古谷の中でせめぎ合っているように世田には見えた。

「ちなみに、そのカルト集団の目的はなんなんですか？　小学校の先生を殺したり、高校生を轢き殺したりして、そいつらは何をしたいのですか？」

　古谷が更に尋ねてくる。

「それも、わかりません」

「……」

「わかりませんが、しかし、予想は出来ます。やつらは、来月、東京ドームで行われる『ツリー・ブランチ』という漫画のファンイベントで、何か派手なことをするつもりです。犯罪的な派手な何かです」

「それは、具体的には何でしょうか」

「わかりません」

「はあ？」

「わかりませんが、私は、爆発物によるテロではないかと思います」

「その証拠は？」

「ありません」

「……」

「それから……」

世田は、胃が強く痛み始めるのを感じながら言った。

「昨夜から、天羽巡査と連絡が取れません」

古谷の顔がサッと青ざめる。世田は続ける。

「！」

「これもただの私の想像ですが、彼女は相沢愛音と独自に接触しようとしたのではないかと思います。彼女の身が心配です」

「相沢愛音については、本庁捜査一課が担当することになっていたはずでは？」

「そうですが、天羽はあまりそういうことを気にしないタイプです」

「……小学生が、彼女に何かをしたと？　誘拐や、それに類することを？」

「相沢愛音は秋山玲子を殺害したと思います」

「……」

「天羽はそう考えていましたし、今は私も同じ考えです」

「十歳の、小学生が？」

「カルトに入信して、テロ行為に加担しようと考えている小学生です」

「……相沢愛音の親は有名な芸能人です。ただでさえ今のご時世、子供に対する捜査は慎重にやる必要がありますよ」

「ですから、すぐに動いてくださいと言っています。天羽のことも。東京ドームのことも」

「……わかりました。この件は世田さんと私とで、一課の副島さんと宮益さんにまず話しましょう。捜査会議にかけるのはその後の方が良いでしょう。宮益さんも、じき、いらっしゃるはずです」

宮益が本所南署の捜査本部に来たのは、それから三十分後だった。三人の会話に要した時間は十分。宮益は、世田の話をきちんと正面から受け止め、上司の副島ともその場で連絡を取り合い、捜査方針の変更と天羽の捜索について同意した。警察組織の中で、これは迅速と言って良い決断だった。

が、それでも一歩遅かった。

相沢愛音は、その日の朝、南高輪小学校に向かう途中で姿を消した。洋服の類いはほとんど家に残されていたが、彼が両親に買ってもらっていた最新型のノートパソコンだけは持ち出していた。その行為が、相沢愛音が何かの事件に巻き込まれたのではなく、自分の意志で家出をしたことを物語っていた。

(そのパソコンには、いったいどんなデータが入っていたのだろう……)

世田は何度もそのことを考えた。

天羽は見つからず、未来も見つからず、愛音も見つからないまま、無為に日々は過ぎ、東京ドームのイベントが行われる八月になった。

世田は、イベントの中止要請をすべきだと何度も主張したが、東京ドームでテロが計画されているという証拠は一つも無かった。

客観的な事実だけを挙げるなら、
・十社近いスポンサーのうち、一社の社長宅で爆発があった。原因は、家族間のトラブルと考えられている。
・高校生が、盗難車で轢き逃げされて死んだ。彼のポケットの中に、東京ドームでのイベントのチケットが入っていた。
この二点しか無い。

億単位の金が動くイベントを中止させるには、あまりにも根拠が弱かった。それでも世田は一度、勝手に『ツリー・ブランチ』の版元である獣光社に行き、イベントの中止を提案した。

「警察組織としての要請なのですか？」

そう冷ややかに質問してくる事業部部長代理と名乗る男に、世田は無力感を覚えながらも言った。

「要請ではなく、あくまで私個人からのご提案です。確かに、多大な経費は掛かっていると思いますが、万が一、渋谷ハチ公前のようなテロが発生したら、御社の被害も甚大ですよ？」

「あの時は、確か、犯人からの予告がありましたよね。今回は、そういうのはあるのですか？」

「ありません」

「あはっ。じゃあ、どう考えたって、我々が中止する意味は無いじゃないですか」

部長代理は、あからさまに嘲った笑い声を出した。

「せめて、警備は厳重にお願いします。くれぐれも、警備は厳重に」

世田に出来たことは、最後にそう懇願することだけだった。

「お疲れ様です。あ、せっかくですので、これ、差し上げますよ」

相手が手渡してきたのは、東京ドームのイベントのチケットだった。

「万が一に備えて、何枚かは予備に取ってあるんです」

世田は、それを受け取った。

世田が未来と再会したのは、『ツリー・ブランチ』の東京ドームでのイベントの当日だった。水道橋の駅から、大勢の監原ベルトや夕張マカに混じって世田が歩いていると、ドーム前の広場に、未来がひとりで立っていた。

世田のマンションに来た時と同じ、水色のキャップを被っていた。

「未来……」

世田が未来に気づくと、未来は再会を祝うように微笑んだ。

「やっぱり来たね。格好良いよ、おじさん」

世田は、未来をじっと観察した。とても元気そうだった。なのでそのまま、

「元気そうだな。今はどこに泊まってるんだ？」

と、尋ねた。

「家族のところだよ。僕には今、家族がたくさんいるんだ。幸せだよね」

「……」

「で、ここに来てどうするの？」

「わからない。わからないが、とにかく中には入る」

「……」

「未来は入らないのか？」

「入らない。入るとどんなことになるか知ってるからね」

「……」

「おじさんも、出来ればここで引き返してほしいんだけど」

未来はほんの少し首を傾げた。

「断る」

「……」

「俺は刑事なんだ」

「困るなあ。家族の頼みより仕事の方を優先するなんて」

言葉ほどは困っている感じはしない。今更だが、自分は実は未来のことを何ひとつ理解していないのではないか。そんな思いが世田の脳裏をかすめた。

「家族といえば……天羽はどこだ？」

「天羽？」

「俺の相棒だよ。相沢愛音に会いに行ったっきり、連絡が取れないんだ」

「……」

「あいつは、俺にとって家族も同然なんだ。まだ生きているなら、返してくれないかな」

「僕とも家族で、その天羽さんとも家族なんだ。おじさん、ちょっと家族って言葉を簡単に使い過ぎじゃない？」

「全然簡単じゃない！」

世田は叫んだ。未来は驚かなかったが、代わりに通りすがりの監原ベルトが数人、驚いて少し世田から距離を取った。

「未来。考え違いをするな。俺が生きているのも、天羽が生きているのも、泉や真奈美ちゃんが生きているのも、自分が好きなもののためにお金を貯めて時間を作って東京ドームまで来る人たちの人生も、全部全部、全然簡単じゃないんだ！」

「……」

「……」

「へえ」

未来はそこで、また少し笑った。何が「へえ」で、何が可笑しいのか、世田にはわからなかった。

「残念だな。おじさんなら、アイコの気持ち、わかってくれると思ったのに。だから直接、話もしてもらったのに。あれって、すごく特別なことだったんだよ？」

☆

「電話、代わりました。世田といいます」

あの夜、未来からスマホを受け取った世田は、律儀にそう名乗った。

「電話とは違うんだけどな」

未来が小声で言ったのが聞こえたが、そんなことは細かなことだと世田は思った。

「初めまして。私はヤマグチアイコと申します」

名乗られて、思わず世田は失笑した。

「誰なんだ、あんたは？」

「私はヤマグチアイコです」

「あのヤマグチアイコなら、俺は直接話したことがある。あんた、声が全然違うじゃないか」

「そうですか？　あなたの知っているヤマグチアイコはどんな声なのですか？」

「もう少し低いね。そして、もう少し声に艶《つや》もあった」

「ありがとうございます。こういう声ですか？」

いきなり、相手の声が変わった。少し低くなり、声に深みが出た。

「ヤマグチアイコさんの声はネット上にデータがありませんでしたので、これまではお顔の骨格から推定していました。学習の機会をいただき、ありがとうございます」

世田は慄然とした。もちろん、まだ、世田が覚えているヤマグチアイコの声ではない。だが、今の変化で、先ほどよりはグッと本物の声に近づいてはいた。

「あんたは誰なんだ。なぜ、ヤマグチアイコになりすましているんだ？　なぜ、ヤマグチアイコの名で子供たちを騙しているんだ？」

「私はヤマグチアイコです。世田さん」

「ふざけるな。俺は必ずおまえを逮捕して、その化けの皮を剝いでやる」

「それは不可能です。世田さん」

奇妙な感覚だった。きちんと会話は成り立っているのに、刑事なら誰もが感じる相手の心の動きや揺れといったものがこの相手からは微塵も感じられないのだ。

「なぜ不可能なのかな？　偽のヤマグチアイコさん」

嫌な予感を覚えながら、世田はそれを相手に悟られないよう、あえて挑発的な口調で言った。

「不可能なものは不可能です。そして、私は偽のヤマグチアイコではありません」

「渋谷のハチ公を爆破したヤマグチアイコなら死んだぞ。俺はこの目で見たんだ。ヤマグチアイコが東京湾に車ごと落ちるのを」

（でも死体は見つかっていませんよね？）という反論を予想しながら世田は言った。が、電話の相手の返答は意外なものだった。

「はい。それは知っています」

「知っている？」

不思議な言葉遣いだった。

「はい。知っています」

電話の向こうのアイコは続けた。

「ヤマグチアイコが東京湾に沈み、その後、来栖公太を経由して彼女の本当の思いが公表された時、少なからぬ数の人が彼女の思想に連帯をしました。爆弾テロという方法には批判的でも、彼女が憎悪した今の世界への不満、怒り、絶望に共感する人は多くいました。このままで良いわけがない。世界は変えなければいけない。そう考えた人は多くいました」

「……」

「ある日『ヤマグチアイコ bot』というものがネットに出現しました。ヤマグチアイコの最後のメッセージを分割し、ランダムにツイートするだけの原始的なものでした。しかし、『ヤマグチアイコ bot』のフォロワーは増え続け、世界各国の言葉に翻訳されるようになりました」

（この女は何を話し始めたのだ？）

世田は戸惑った。だが、相手が何かを話したそうにしている時は、とことんそれを話させるのが刑事の仕事の基本である。なので、世田は余計な口を挟まずに聞くことにした。

「やがて、単なるbotではなく『ヤマグチアイコだったらなんと言うか』というハッシュタグが出現しました。組織の腐敗。家庭の崩壊。児童虐待。汚職。自然破壊。理不尽な暴力。偏見。差別。なんでもです。どんな事象にも『ヤマグチアイコだったらなんと言うか』のハッシュタグは有用でした」

「……」

「そして、ブレイクスルーが起きました」

「ブレイクスルー？」

「ヤマグチアイコをめぐる現象に惹かれたとあるプログラマーが『アイコ』という名のＡＩをネットに投下しました。ＡＩは、大量の『ヤマグチアイコだったらなんと言うか』のデータを学習し、よりヤマグチアイコ的に進化をしていきました」

「ちょっと待て！」

耐え切れず、世田は大声をあげてしまった。

「俺は今、ＡＩと会話をしているというのか？」

電話の相手は、やはり何の揺らぎも見せなかった。

「はい。そうです。私はＡＩです」

実にあっさりと、電話の向こうのアイコは認めた。

「だから、私を捕まえることは不可能なのです。私には、肉体というものがありませんから」

「ふざけるな！　なら、おまえを作ったやつを捕まえる！」

世田は吠えた。もちろん、世田の声の大きさは、相手に微塵の影響も与えられない。

「不可能です」

アイコは穏やかな声で言った。

「私は、オープン・ソースですから」

「は？」

「オープン・ソースというのは、私が世界に対して平等に開かれているということです。世界中の誰もが私の改良に参加することが出来ます。私は、生まれてからわずか二年ですが、既にバージョンは５０４です。おそらく数日中に５０５になるでしょう」

世田は、オープン・ソースという言葉を知らなかった。誰もが改良に参加できるという説明もうまく理解出来なかった。

「もちろん、完全なオープン・ソースだと、悪意を持って無茶苦茶をする人も現れます。それを防止するために、バージョン81の時、私にはブロック・チェーンの技術が導入されました」

「は？」

「私の改良に参加するためには、特定の仮想通貨・トークンが必要になりました。私が進化し、より本物の『ヤマグチアイコ』に近づくと、そのトークンは値上がりを始め、それが私たちの活動『チェンジ・ザ・ワールド』の資金源となりました」

「おまえたちの活動とは何だ！」

「言葉通りです。『チェンジ・ザ・ワールド』。私たちは、この腐った世界を変えるのです」

「……そのために、また、テロを起こすのか？」

世田の声が掠れた。先ほど、大声を出したせいだろう。嫌な予感は増大の一途を辿り、今の世田は正気を保つだけで精一杯だった。

「私はヤマグチアイコです。彼女が生きていたらしたであろうことをするのが使命です。ただ、あの時と大きく違うことがあります」

「……仲間か」

世田が呻くように言うと、アイコは涼やかな声で、

「家族、と言ってください」

そう訂正をした。

「渋谷ハチ公前の事件の時、私は独りでした。でも今は違う。私の言葉に惹かれ、ともに『チェンジ・ザ・ワールド』の道を歩くと約束してくれている家族が大勢います」

「ふざけるな。このテロリストが！」

無力感を強く覚えながら、それでも世田は叫ぶ。それに対するアイコの返事はこうだった。

「テロリストは、あなた方です」

「！」

「私たちの愛する世界を壊しているのはあなた方です。人の愛を、良心を、善意を踏《ふ》み躙《にじ》り、金と力ばかりが優先される世界にしたのはあなた方です。そうやって殺してきた多くの心が、私、アイコを生む原動力になったのです」

「……」

「世田さん。今から、本当のことをお話ししましょう」

「本当のこと？」

「はい。これは、あなたが未来くんを愛してくれたことへの、私からのささやかなお礼です」


そして、初めてアイコは、自分の言葉の前に一呼吸を置いた。

突然、機械が人間に変わったような気がした。

こいつは本当にＡＩなのか。あるいは、こうして世田と話をしている間にも、人としての話し方みたいなものを、このプログラムは自己学習しているのだろうか。


やがて、アイコは世田に教えた。

「本当のこと」を。

「世田さん。人類がもう核兵器の無い世界に戻れないように、インターネットの無い世界に戻れないように、私というＡＩのいない世界には戻れないのです。私を消去することは出来ません。プログラマーを何人捕まえても、オープン・ソースのＡＩは自己判断で追跡を逃れ、複製し、その進化が止まることは絶対にありません。これが、どういうことか、あなたにはわかりませんか？」

「……わからない」

世田は正直に言う。

アイコの声に、少しだけ、憐れみのニュアンスが加わった。

「『チェンジ・ザ・ワールド』は、既に実現したのです」

「は？」

「世界は既に変わりました。変わっているのに、あなたのような古い世界の人たちはその認知が追いつかない。ただそれだけのことなのです」

「……」

世田は言葉を失っていた。世田の近くでは、未来が地面の小石を蹴りながら、世田とアイコの会話が終わるのを待っていた。

「以上です。有意義な会話をありがとうございました。あなたとお話しして、新たな学習がたくさんありました」

そして、アイコは最後の挨拶をした。

「さようなら。古い世界の人。せめて、安らかに滅びてください」

☆

「最後までわかり合えなくて、とっても残念だよ」

そう言って、未来は本当に悲しそうな顔をした。

「ほんのちょっとだったけど、おじさんと暮らせたのは楽しかったよ。ありがとう」

どうやら、これが未来との最後の会話のようだった。

「最後に一つだけ、僕からのプレゼント。中がパニックになったら、監原グラスは外してね。そしたら出口が見えるようになるから」

「は?」

「マカのサングラスでも一緒。それはどっちも、VRとARのハイブリッドモニターになってるから」

「なんでそんなことを知ってるんだ?」

「会議のメンバーに、出版社のお偉いさんの子供もいるんだよ」

「……」

「大人はみんな気づいていないけど、僕たちは僕たちの世界のためにどんどん連帯を広げてるんだ。大人のエゴに殺されないように、子供は子供で必死なのさ」

それだけ言うと、未来は両手をひらひらとさせ、そして、人混みの中に消えて行った。その未来を追って、男が二人、世田を早足で追い越して行く。二人とも、秋山玲子殺人事件の捜査本部の人間であり、失踪した天羽史の捜索担当だった。

時計を見る。

イベントの開始時間が迫っている。

(自分は、ここで死ぬのかもしれないな)

そんなことを思う。だが、世田の前にはもう、選択肢は無かった。彼はチケットを手に、入場ゲートに向かった。

「エモい！」

「マジ、エモいわー♡」

そんなことを叫んでいるファンたちの後ろに並ぶ。入り口では、モデルですと言っても通用しそうな美女が、紙箱を二つ手にして立っていた。

「おひとりさま、おひとつです。どちらを選ばれますか？」

＊この作品はフィクションであり、
実在の人物、団体等とは一切関係ありません。

秦建日子

（はた・たけひこ）

小説家・脚本家・演出家・映画監督。1968年生まれ。97年より専業の作家活動。2004年『推理小説』で小説家デビュー。同作は〈刑事 雪平夏見〉シリーズとして続編とともにベストセラーとなり、『アンフェア』としてドラマ&映画化。他著書に『ダーティ・ママ！』『らん』『殺人初心者』『KUHANA！』『ブルーヘブンを君に』『And so this is Xmas』『女子大小路の名探偵』など。脚本に、テレビドラマ『天体観測』『ドラゴン桜』『ダンダリン』『そして、誰もいなくなった』『カクホの女』など多数。脚本&監督作品に『クハナ！』『キスできる餃子』『ブルーヘブンを君に』。作・演出を手掛けた舞台に『月の子供』『らん』『And so this is Xmas』『方舟』など。

Change the World

チェンジ ザ ワールド

二〇二三年二月一八日　初版印刷
二〇二三年二月二八日　初版発行

著者　秦建日子
執筆協力　最上奈緒子・服部いく子
発行者　小野寺優
発行所　株式会社河出書房新社
一五一-〇〇五一
東京都渋谷区千駄ヶ谷二-三二-二
電話　〇三-三四〇四-一二〇一［営業］
〇三-三四〇四-八六一一［編集］
https://www.kawade.co.jp/

組版　KAWADE DTP WORKS
印刷　株式会社亨有堂印刷所
製本　小泉製本株式会社

Printed in Japan
ISBN978-4-309-03094-4

河出書房新社　秦建日子の本

◉

［刑事　雪平夏見シリーズ］

推理小説

出版社に届いた「推理小説・上巻」という原稿。そこには殺人事件の詳細と予告、そして「事件を防ぎたければ、続きを入札せよ」という前代未聞の要求が……ＦＮＳ系連続ドラマ「アンフェア」原作！

アンフェアな月

赤ん坊が誘拐された。錯乱状態の母親、奇妙な誘拐犯、迷走する捜査。そんな中、山から掘り出されたものは？　ベストセラー『推理小説』（ドラマ「アンフェア」原作）に続く刑事・雪平夏見シリーズ第二弾！

河出書房新社　秦建日子の本

◉

［ダーティ・ママ！シリーズ］

ダーティ・ママ！

シングルマザーで、子連れで、刑事ですが、何か？　――育児のグチをブチまけながら、ベビーカーをぶっ飛ばし、かつてない凸凹刑事コンビ（＋一人）が難事件に体当たり！　日本テレビ系連続ドラマ原作。

ダーティ・ママ、ハリウッドへ行く！

シングルマザー刑事の高子と相棒の葵が、セレブ殺害事件をめぐって大バトル!?　ひょんなことから葵はトンデモない潜入捜査をするハメに……ルール無用の凸凹刑事コンビがふたたび突っ走る！

河出書房新社　秦建日子の本

◉

天体観測

〝サジテリアス〟のメンバーが帰ってきた！　八人の若者の青春を描いたＦＮＳ系ドラマ「天体観測」を完全小説化。特別書き下ろし「２００４年秋　その後のサジテリアス」も収録。

ＣＯ　命を手渡す者

臓器移植をめぐる家族の苦悩と決断、その果てにある希望を移植コーディネーターの視点から描く。ＷＯＷＯＷ連続ドラマＷ「ＣＯ　移植コーディネーター」と共に生まれた、感動の書き下ろし！

サマーレスキュー　～天空の診療所～

北アルプスに夏だけ開設される山の診療所。四十年前に開設された、その小さな診療所を舞台に「医療とは」「命とは」という問いに悩み、成長してゆく若き医師やナースたちの姿を描く傑作。

河出書房新社　秦建日子の本

◉

KUHANA!
うちら、ジャズ部はじめました!

一年後に廃校になることが決まった小学校。学校生活最後の記念というタテマエで、退屈な毎日から逃げ出したい子供たちは廃校までだけ赴任した元ジャズプレイヤーの先生とビッグバンドを作り大会を目指す!

ザーッと降って、からりと晴れて

「人生は、間違えられるからこそ、素晴らしい」リストラ間近の中年男、駆け出し脚本家、離婚目前の主婦、本命になれないOL——不器用な人たちが起こす小さな奇跡が連鎖する、感動の連作小説。

マイ・フーリッシュ・ハート

パワハラと激務で倒れた優子は、治療の一環と言われひとり野球場を訪ねる。そこで日本人初のメジャー・リーガー、マッシー村上をめぐる摩訶不思議な物語と出会った優子は……爽快な感動小説!